# Une fille de province

Les Avrils
Groupe Delcourt
8, rue Léon-Jouhaux
75010 Paris
lesavrils@editions-delcourt.fr

www.lesavrils.fr

# Une fille de province

Johanne Rigoulot

Les Avrils

*À Elzénor (née à Paris 10e).*

Je viens d'une ville de province.

Quand je l'évoque, je dois la situer sur une carte de France. Son nom rappelle au mieux une côte viticole, une équipe de basket ou un arrêt estival sur l'autoroute A6, à mi-chemin entre Paris et la Méditerranée. Ses habitants rejoignent aussi rarement l'un que l'autre.

Au XIXe siècle, Nicéphore Niépce, ingénieur local, y a inventé la photographie. La municipalité peut se déclarer « Berceau de l'image » sur sa flamme postale.

Voilà pour la gloire de Chalon-sur-Saône, sous-préfecture de Saône-et-Loire, en Bourgogne.

Les seuls résidus de paillettes tiennent depuis à Florent Pagny et à Rachida Dati, le chanteur et la ministre, nés là avant de s'envoler vers plus flamboyant. Leurs noms émaillent les conversations. Ils sont, d'un même mouvement, jalousés et brandis en exemple. Eux citent rarement la ville. Leurs racines sont effacées des entretiens. Après tout, peut-être leur bonne fortune dépend-elle de ce sacrifice.

Ici, personne n'invite à investir malin ou, au contraire, à vendre vite vite pour échapper à la crise. Le prix de l'immobilier est préservé des aléas économiques et de la fluctuation des modes. Ni ultra-urbain ni vert radical en ces lieux : il faudrait inventer l'option « tiède » pour vanter le territoire.

Animé par les commerces, les kebabs et les bars-tabacs, son centre-ville est semblable à mille autres. Les mêmes franchises y ouvrent et ferment à tour de rôle. À la lumière de néons XXL, on vend du pas cher fabriqué en Chine ou, dans des boutiques aux allures de boudoirs rose poudré, du prêt-à-porter de pseudo-luxe. Ces marques tamponnent les sacs de course et déterminent le statut social. Faire du lèche-vitrine un samedi après-midi garantit de croiser une connaissance ou un collègue de travail. Certains appellent ça la chaleur de la province.

Alors, coincé dans un square près de la gare à trois quais et deux directions, l'office de tourisme municipal se bat pour anoblir le commun. Il célèbre le patrimoine historique de la cité sur des prospectus de papier glacé. La cathédrale, les vignes et la batellerie y jouent le rôle de petites vedettes. Ici, dit-on, on connaît « la qualité de vie ».

Entre ces remparts, l'existence s'écoule à taille humaine, dans un premier degré jamais démenti. Les quartiers portent des noms signifiants : la Citadelle chevauche la ZUP, Bellevue jouxte les Aubépins. Une rocade fait office de périphérique. Et quand poussent des immeubles, ce n'est jamais bien haut. Pourquoi faire plus grand, après tout, puisque ces murs suffisent à abriter ? Pourquoi faire plus complexe si ces rues permettent d'aller de l'un vers l'autre ?

Ici, on est venu travailler, se loger et voir grandir sa famille.

Ici, on vit.

Ici, c'est la France.

Petite fille mutique, Sara était ma camarade à l'école primaire des Charreaux, un quartier ouvrier de Chalon. Elle ne parlait jamais pour ne rien dire, citait les Évangiles quand elle manquait de mots. Durant quelques années, j'ai été proche d'elle pour cette raison. Son humanité et sa douceur, surprenantes pour une enfant de cet âge, apaisaient ceux qui savaient la côtoyer. Le soir, après l'école, je les accompagnais, ma copine Leïla et elle, jusqu'à la place de la boulangerie, où les loulous du coin faisaient ronfler leur mobylette. Notre route commune s'arrêtait là. Ma nourrice Monique et son mari Albert habitaient face à la voie ferrée désaffectée, dans une rue aux maisons dupliquées. Leïla et Sara poursuivaient leur chemin en redescendant la colline pour rejoindre la cité des Poètes, celle des logements sociaux.

Nous avons emprunté pour la dernière fois ce chemin ensemble à la fin de mon année de CE2. Pour moi, la rentrée suivante a eu lieu à l'école privée de la ville. J'ignore si ma vie a changé ou si, au contraire, elle a enfin pris le cours attendu : j'ai rejoint des fils et des filles de petits commerçants et de notables locaux, un univers auquel mon milieu d'origine me destinait davantage et où j'ai pourtant été si triste. Sara est restée dans le sien.

J'ai poursuivi ma scolarité et quitté Chalon-sur-Saône après mon bac, l'année du traité de Maastricht. Il fallait se déclarer pour ou contre l'Europe et j'avais l'âge de mon premier vote. Le mois du référendum, ma douce camarade de classe a, elle, commis un meurtre barbare.

Je suis redescendue rarement, puis plus du tout : ma mère a vendu la maison. Sara a purgé sa peine au centre de détention local.

J'ai « fait ma vie », comme on dit communément pour signifier l'aptitude à remplir les pointillés de la normalité. J'ai étudié, aimé, enfanté. Mon existence s'est retrouvée dans les cases des formulaires administratifs sans provoquer ni angoisse ni hésitation. Sara s'est suicidée.

Je suis partie. Elle est restée définitivement.

L'histoire de Sara croise celle d'une ville. Elle s'ancre dans sa terre et ses quartiers, traverse ses institutions. Tour à tour, l'enseignement général puis professionnel, l'encadrement psychiatrique, le système judiciaire puis pénitentiaire ont échoué à colmater ses failles intimes. Sara est passée de bras en bras comme un paquet trop lourd.

Une ville fonctionne à la manière d'une famille, avec ses rituels, ses héros et sa mémoire. Sa simple édification trahit la fragilité de l'humain, inapte à vivre dans l'isolement. Ses remparts et son plan organisent la nécessité de s'unir pour exister. Ce collectif où j'ai puisé ma chance et mes privilèges n'a pu empêcher la déroute de Sara.

Il y a entre ses dates de naissance et de mort l'espace d'une histoire réduite à un échec. Il y a entre l'une et l'autre le souffle d'une tragédie impossible à enrayer.

Je suis retournée à Chalon déterrer le souvenir d'une petite fille née victime et morte coupable, en prenant un billet de train et une chambre en ville. Je suis arrivée en cherchant des réponses et suis repartie avec d'autres interrogations.

Cette quête a fait ressurgir des paysages enfouis. Ceux de la France des années 1980 et des lendemains qui chantent. Ceux d'une cité soumise, comme ses sœurs de province, au chaos du monde et contrainte de se réinventer sans tanguer.

Durant deux ans, je n'ai plus cessé d'aller et venir entre Paris et Chalon, mon passé et mon présent, l'histoire de Sara et la mienne.

Les Romains craignaient les lémures. Âmes damnées d'hommes ou de femmes morts dans la violence, ces spectres malveillants étaient présumés hanter les demeures et tourmenter les vivants. Afin de les mettre en déroute, les Romains s'unissaient pour frapper sur de grands vases d'airain. Le vacarme créé par la communauté les effrayait.

C'est ignorer combien les lémures peuvent nous apprendre.

Mon expérience métaphysique de la mort a l'allure d'une gueule de bois. À quarante ans, mon corps a brutalement cessé d'encaisser l'alcool. Je venais de divorcer. Une semaine sur deux, je vivais une seconde adolescence et étourdissais mes nuits de nouveaux possibles dans un Paris redécouvert. Et, soudain, je me retrouvais le matin incapable de me lever. *Vraiment* incapable. Ces lendemains de picole autrefois semblables à des engourdissements mélancoliques se consumaient désormais au lit, me réduisant à l'état animal après des retours en taxi passés à prier pour ne pas vomir.

Le phénomène avait de quoi gâcher la fête.

Déroutée, j'ai traqué, des soirs durant le long des zincs poisseux, l'algorithme des coups de massue en comptant chacun de mes verres. En vain. Je ne saurai jamais si trois verres de vin valent pour deux pintes ou si c'est vrai, *rouge sur blanc, tout fout le camp*. J'ai appris, en revanche, combien la gueule de bois se voit. Inutile d'inventer une insomnie pour expliquer cette lividité cadavérique ou pour annuler un rendez-vous : personne n'y croira. Ce mal-être-là est le secret le plus éventé au monde.

Chez moi, le basculement vers la quarantaine a pris le goût du mauvais vin blanc, l'allure de trajets de métro nauséeux et la violence de journées de travail la tête fracassée par la migraine.

Après avoir cherché des parades dans tous les moteurs de recherche et tenté mille remèdes de grand-mère, j'ai abdiqué. J'ai commencé à lever la main, l'air de dire « mollo », quand on me servait un verre. Quelques années plus tôt, j'avais déjà abandonné cigarettes, coke et pétards pour préserver mon corps. Je leur sacrifiais la gaieté des fêtes, la légèreté euphorique de mes endormissements et cette magie du toxique à mettre l'esprit sur *on* ou *off*. Si se droguer n'était pas si bon, cela n'aurait pas pareil succès.

Le capital défonce se consume à la manière du capital soleil. Cela s'appelle vieillir et ressemble, en réalité, à un retour à l'enfance. Les abus s'impriment davantage. Il faut s'épargner à nouveau après s'être cru immortel. Ma découverte de la finitude a tenu à ça. C'était donc vrai, le temps nous est compté.

J'ignore où a commencé sa fuite. J'étais de celles qui, en annonçant leur âge, s'attendaient à être détrompées comme on débusque un canular. L'âge adulte est une supercherie et, sans ces migraines atomiques, je me serais laissé gagner par l'illusion d'une éternelle jeunesse.

Et puis l'existence tout entière s'est transformée par strates, insidieusement. J'ai rencontré l'homme beau-grand-fort de ma seconde vie trop tard pour envisager un nouvel enfant. Les prénoms d'ex ont ponctué nos conversations à la manière de vieux amis. Et il a fallu chercher plus longtemps mon année de naissance en scrollant dans les formulaires numériques.

Chez nous, entre les murs d'un appartement parisien m'endettant jusqu'à ma presque tombe, la vue sur le Père-Lachaise a des allures de farce et les preuves tangibles du temps passé relèvent de détails. Dans la salle de bains, ce sont des flacons de cosmétiques aux codes couleurs de la vieillerie, du rouge, toujours, comme pour pouvoir être repérés en cas de perte sensorielle. Ou cette jupe en cuir volée dans mon placard par une adolescente qui, il y a peu, hurlait pour manger et se déplaçait en rampant. Désormais, celle-ci parle trois langues, sait repeindre une porte à la perfection et rentre parfois à l'heure où je dors déjà.

Les autres repères, parcelles de réalités caduques, vêtements démodés ou cadeaux d'amours à conjuguer à l'imparfait, ont été exfiltrés au fil des déménagements par peur de leur puissance à engluer le présent. « Ferme un œil, ouvre un œil », disent les Libanais pour signifier la rapidité du temps et son agilité à devenir simple ellipse. Si le trajet est court, autant voyager léger.

Me reste la mémoire. Chez moi, elle pèse une tonne. Je retiens les dates d'anniversaire, les prénoms des enfants et les histoires de chacun. Étrangement, cela impose l'humilité. Je vis en décalage, parlant en intime à des interlocuteurs m'ayant parfaitement oubliée. Dans leurs yeux, j'ai lu mille fois la méfiance. J'ai beaucoup été prise pour folle. Les autres voient dans ma faculté à retenir une anomalie.

C'en est une. L'hypermnésie, la mémoire excessive. Elle procède d'une grande aisance à replonger dans le passé et d'une difficulté symétrique à se projeter dans le futur. Dans le présent continu où elle contraint à vivre, hier et demain, disparus et vivants se confondent. La petite Jojo de Chalon coexiste en moi avec la crâneuse parisienne aux talons trop hauts et au parfum trop cher.

J'ai eu besoin de l'une et de l'autre pour retracer l'histoire de Sara.

Sara est la cadette d'une famille de six enfants, d'un père kabyle et d'une mère française. J'ignore quand a commencé son retard scolaire. Elle est née deux ans avant moi et pourtant, je l'ai toujours connue dans ma classe en primaire.

D'elle, je possède deux photos.

La première a été prise à notre entrée au CE2. J'ai profité d'un séjour chez ma mère, désormais installée dans le Sud, pour la récupérer. Légataire de nos archives familiales, celle-ci assume le rôle avec sérieux, conservant nos souvenirs au fil de ses déménagements. Ils reposent désormais dans la chambre des petits-enfants, ma fille et son cousin. Sara n'est pas la figure principale de ce cliché. C'est une photo de classe et nous y sommes dix-huit. Inscrite si loin dans la chronologie de nos vies, l'image témoigne d'un monde révolu. Le cadre est celui d'une cour d'école et le bâtiment, typique des communales de la III$^{e}$ République. L'absence d'immeubles en arrière-plan la situe dans une ville moyenne. La composition joue avec les contingences universelles du genre. Les élèves n'ont pas la même taille et nous avons été placés sur un toboggan pour figurer de manière égale. Les plus petits sont positionnés en hauteur ; les grands, assis en tailleur à même le goudron. C'est une classe à double niveau : CE2 et CM1.

J'y suis, moi, une enfant de huit ans. Il faut avoir évincé le reste des visages pour me reconnaître, car mes cheveux courts et mon jogging me donnent l'allure d'un garçon. Je me suis collée à l'instituteur, un homme grand au blouson de cuir noir. Nous l'aimons tant et il est si beau : cette place est un privilège.

Il y a de la mise en scène derrière ma posture. Je tiens sur un pied, accroche d'une main l'avant-bras de ma copine Christelle. Cela n'a rien de naturel et cela se voit : le photographe a dû me le demander. Les corps des enfants se soumettent à toutes les contraintes.

L'esthétique est celle de l'époque. Les élèves ont été habillés avec soin par des parents soucieux de leur image. Certains garçons portent la chemise boutonnée sous le débardeur. Les pulls sont en acrylique et les coupes, au bol. Le soir venu, quand nous ôtons nos sous-pulls, nos cheveux crépitent sous l'électricité statique.

Enfants de pauvres et de riches, d'immigrés et de gens du cru se mélangent dans cette cour d'école portée par les utopies. Mitterrand vient d'être élu. En France, on ne coupe plus les têtes.

Dans mon histoire personnelle, cette année-là est une bascule.

Ma mère annoncera son intention de divorcer quelques mois plus tard et la dernière décision commune de mes parents sera de nous inscrire, mon frère et moi, dans une école privée. L'idée se révélera un désastre. Jusqu'au collège, je pleurerai tous les matins devant l'entrée de l'établissement, refusant de quitter la voiture avant de m'y résoudre dans un libre arbitre tout relatif. J'ignore si je suis un jour devenue adulte, mais je sais avec certitude quand j'ai cessé d'être une enfant.

Pour l'heure, mon sourire au photographe est sincère. Je suis une enfant authentiquement heureuse.

La maternité de la ville se situe dans nos dos, à quelques centaines de mètres de là. Nous y sommes tous nés mais je suis la seule à ne pas habiter le quartier ; j'ai emprunté l'adresse du domicile de Monique, ma nourrice. Nos vies se résument à cet entrelacs de rues où la simplicité nous est présentée en principe actif du bonheur.

Aujourd'hui, taille humaine équivaut à mes yeux à taille mortelle. Le premier degré me plonge dans les affres de l'anxiété. J'ai consacré ma vie à le fuir.

Comme mû par des codes inconscients, le photographe a, autour de ce toboggan, séparé les mieux lotis des plus fragiles. La grande maison achetée sur vingt ans et les deux voitures de mes parents me projettent d'emblée dans la première catégorie. Mon jogging de marque et ma coupe de cheveux de professionnel achèvent tout doute.

Autour de moi, je reconnais, accrochés à l'échelle ou assis au sol, Leïla, au visage de poupée étiré par des tresses, Hélène, la fille de l'instituteur, dont nous jalousons les fossettes, Stéphane, aux baskets montantes et à l'allure de rocker, les deux Fabien, Jean-Marie à la blondeur quasi phosphorescente, Yannick et ses yeux bleus hypnotiques, le si doux Hicham ou encore David, dont, quarante ans plus tard, le brushing impeccable et le parfait laçage des chaussures révèlent encore la surprotection maternelle… Les prénoms sentent les années 1970 et les familles sont à rallonge : dans l'école, les patronymes se répètent niveau après niveau. Un enfant unique est une anomalie et aucun parent n'est divorcé.

À mon exact opposé, une petite fille pose debout, isolée. Elle, elle n'a été associée à personne. Elle fait face à l'objectif, les mains jointes devant elle et la tête légèrement inclinée. La posture est délicate. Le visage rond, les cheveux auburn coupés très courts, elle est habillée d'un pull rayé et d'une jupe trapèze. Son allure est hors du temps. Elle pourrait sortir d'une photo de Doisneau comme d'un magazine de mode contemporain pour enfants chics.

Numérisé dans mon iPhone, son portrait gagne en plasticité. Je peux zoomer à l'envi. Quarante ans nous séparent quand ses yeux noirs me fixent. Elle est de celles dont on évoque l'intensité du regard.

Sara, c'est elle. Et je vois cette image à chaque évocation de son prénom.

Obtenir un second portrait d'elle a été plus compliqué.

J'ai dû multiplier les pistes. Internet restait muet, la famille de Sara introuvable et les archives du journal local avaient brûlé. Après des journées entières passées sur les microfilms de la BNF, face à la Seine, en vain, j'ai contacté les bibliothèques de communes voisines de

Chalon. L'une des employées a fini par m'offrir une aide miraculeuse : les archives de l'année 1991, celle où la vie de Sara a basculé, figuraient bien chez eux.

Une image en noir et blanc m'est parvenue dans la foulée, en pièce jointe d'un e-mail. Elle illustre un article de la rubrique « Faits divers ».

J'ai quitté la petite fille, je découvre la femme.

Sara y a vingt ans et on lui en donne moins. Ses cheveux auburn ont poussé et ses boucles mangent le cadre. C'est un portrait d'elle coupé à la taille. Elle regarde l'objectif de biais dans un sourire. Elle est rayonnante.

Cette photo semble avoir été prise lors d'une fête familiale. À l'époque, le numérique n'existait pas et seuls les évènements méritaient l'argentique. Sans doute Sara célèbre-t-elle un déjeuner de Noël ou un anniversaire. Le mur blanc à l'arrière ne donne aucune indication. Elle pose comme on le fait pour un intime, sans craindre de se montrer à son avantage.

Son allure évoque celle de la gitane illustrant les paquets de cigarettes. Une part de ses cheveux a été réunie en chignon haut et son chemisier est à la mode du moment, ravissant, blanc à pois sans doute rouges. Un cardigan le couvre, mais on devine des manches ballons. Elle est joliment maquillée et bardée de bijoux, de larges pendentifs aux oreilles et plusieurs sautoirs autour du cou. Leur taille immense les classe dans la catégorie fantaisie.

J'ignore qui a pu donner cette image à la rédaction. La famille n'est pas susceptible de l'avoir transmise, mais l'établissement où elle travaillait cette année-là l'est peut-être davantage. Et, à la regarder de nouveau, cela devient vraisemblable : ce souvenir sent encore la joie de vivre. Sara y est jolie et apprêtée. C'est un portrait parfait pour un CV de vendeuse ou d'hôtesse d'accueil.

Le journal, lui, se contente de le légender par les faits. Il l'appelle « la meurtrière de l'antiquaire ».

À ce jour, je n'ai pas trouvé d'autre photo d'elle.

Perdue entre le ministère des Finances et une salle de concert, la gare de Bercy est pratiquée par les seuls initiés. Elle est une annexe de celle dite de Lyon, plus prestigieuse, située à quelques rues. Ancienne gare de marchandises, elle en a gardé l'inhospitalité. Découvrir son nom sur le billet tient de la punition et certains maires de province hurlent au mépris quand, au hasard des affectations, le train menant chez eux s'y trouve relégué. Face à la poignée de quais dépourvus de bar ou de parfumerie, un petit espace battu par les courants d'air fait office de kiosque. On peut y boire un mauvais café dans un gobelet de plastique, debout en achetant le journal. Autant s'épargner l'attente.

En ce matin de décembre, il m'a fallu traverser Paris avec les travailleurs de l'aube. Le train part si tôt. Quand je franchis son marchepied, il fait encore nuit.

Afin de revenir « chez moi », je suis passée par une célèbre plateforme californienne. Les algorithmes élaborés par des geeks de San Francisco m'ont mise en relation avec Hélène. Sa photo de profil, son violoncelle et ses deux chats ont guidé mon choix vers son appartement bricolé avec le goût des gens délicats. Situé au cœur du centre-ville, il est le fantasme de l'endroit où j'aurais rêvé vivre plus jeune.

Hélène m'a, par un e-mail copié-collé destiné à mes mille prédécesseurs et successeurs, prévenue de l'endroit où elle cacherait les clés pour mon arrivée. Curieusement, elle a insisté avec courtoisie mais fermeté sur un point : je devrais me déchausser avant d'entrer chez elle. J'ai promis.

Trois heures plus tard, le trousseau récupéré sous un pot de fleurs dans l'escalier, je râle intérieurement. Puis je pose mon sac de voyage pour ôter mes baskets, les fesses collées aux marches gelées.

Mon chemin vers Sara commence ce jour-là, pieds nus sur le coco.

Au départ, il y a l'eau.

La cité s'est construite sur les bords de la Saône. Elle en a tiré son nom et une petite île, dite Saint-Laurent, en son centre.

Aux premières lignes de l'histoire chalonnaise, le courant a apporté les foires et le commerce avant de permettre le développement de l'industrie. Le mouvement constant des péniches et des bateaux de marchandises crée, depuis ses quais, l'illusion d'un territoire dense et peuplé. Pourtant, vue d'avion, elle se révèle en oasis urbaine au cœur des champs et des forêts.

Ici, la nature s'invite dans le béton par surprise. L'hiver, la rencontre entre l'eau et la végétation plonge la ville dans le brouillard pour, à la manière d'un conte pour enfants, y faire disparaître l'horizon. Et quand viennent les pluies, la rivière déborde brutalement des parapets et inonde les rues adjacentes, engloutissant voitures et commerces. Personne n'ose s'en plaindre : ici, l'eau est la première richesse.

À quarante kilomètres à l'ouest, dans la plaine, se niche un bassin houiller. La commune de Montceau-les-Mines s'y est développée, puisant dans le charbon ce que Chalon obtient de l'eau : son nom et les fondements de sa prospérité. Le minerai, lui, est exploité au Creusot, la ville voisine devenue usine à ciel ouvert. Au tournant de la révolution industrielle, les fonderies sont rachetées par la famille Schneider. Celle-ci voit dans la richesse du territoire l'opportunité d'unir ses atouts. Elle crée à Chalon, sur l'île Saint-Laurent, une succursale destinée à la construction mécanique de bateaux à vapeur et d'équipements fluviaux. Appelée Le Petit Creusot, elle marque l'entrée dans une nouvelle ère.

Les récits portés par les hommes, les femmes et les sentiments qu'ils se vouent s'entremêlent constamment aux faits collectifs. Un siècle et plusieurs fusions plus tard, la succursale se nomme Creusot-Loire. Mon père y obtient son premier poste d'ingénieur en mécanique, faute d'avoir obtenu celui attendu dans une autre capitale de province plus chère à son cœur, Bourg-en-Bresse. Il y entraîne sa toute récente femme, contrainte de trouver à son tour du travail. Éducatrice spécialisée dans le handicap mental, elle est embauchée dans un institut local. Mon frère et moi naissons dans la foulée. Mes parents ne s'attacheront jamais à Chalon. Toute leur vie, ils regretteront ce coup du destin dû à l'ingéniosité de techniciens du charbon.

Je nais dans la même maternité que Sara, deux ans après elle. Chez moi, être une fille n'est pas une tare, faire des études relève de l'évidence et la violence, du concept. Mes parents possèdent une grande et belle maison des années 1930 dotée d'un jardin où mon frère et moi alternons les rôles de cow-boys et d'Indiens.

Dans la France des années 1970 puis 1980 où je grandis, l'inclusion balbutie. On râle, à la française, sur des sujets neufs. Les Beurs marchent de Villeurbanne à Paris. Jean-Paul Goude et Jean-Paul Gaultier vantent la mixité des visages et des corps. *Black* devient vraiment *beautiful.*

Au pouvoir, la gauche s'active. L'impôt sur la fortune est voté, le prix du livre devient unique et la musique descend dans la rue. La culture s'invite là où elle n'existait pas. Elle est décentralisée et démocratisée. Pierre Bourdieu rentre au Collège de France et décrypte à travers ses cours et ses publications les systèmes de domination où les riches exploitent les pauvres et les hommes, les femmes.

Le combat s'annonce long. Se replonger dans la représentation médiatique de l'époque, c'est voir les hommes blancs diriger le monde. Ils sont omniprésents dans les conseils d'administration et les corps politiques.

Les autres genres et couleurs de peau sont inexistants ou réduits à leur caricature. Dans les publicités, les femmes vantent les produits ménagers. Quand il s'agit de perceuses, elles sont en string. Les homos sont des « tafioles », des « tantes » ou des « tatas ». Michel Leeb confond ses lunettes et ses narines et le couscous Garbit est bon comme là-bas, dis. On ne peut plus rien dire, prétendent aujourd'hui certains.

La puissance des uns se puise dans l'écrasement des autres et Mitterrand a été élu pour y mettre fin. Mais, dans ce délicat jeu de pouvoir, la mise à bas d'un système signifie parfois son simple accaparement par d'autres. L'oppression se déplace mollement, ouvrant des voies à de rares exceptions aussitôt transformées en icônes.

Ma mère a étudié Freud et Dolto. Elle suit une thérapie chez le psychiatre en vogue de la ville. Elle me fait lire la comtesse de Ségur, car elle y trouve la morale riche. Et quand nous sommes malades, elle nous emmène chez l'homéopathe récemment installé. Mon père, lui, travaille en costume. Il disparaît le matin, après sa session de méditation transcendantale en slip sur le tapis du salon, et revient le soir, l'air resté ailleurs. Il semble constamment sous ecsta.

L'été, mes parents accrochent la caravane à la Fiat Argenta. Calés à l'arrière, mon frère et moi nous laissons guider vers le sud avec un magnétophone à cassettes pour assurer l'ambiance. Gotainer chante « il est mambo le décalco » et mes parents font preuve d'une patience à toute épreuve. La mer surgit au bout de six heures de route. La caravane est posée face à elle, vers Leucate, sur un terrain en friche où la réglementation tolère le camping. Oncles et tantes, cousins et cousines nous rejoignent. Pendant trois semaines, les adultes vivent à poil et les ados gardent pudiquement leur slip. Nous vivons en communauté, heureux d'être réduits à l'état de petits sauvages.

Mon père nous bombarde avec son appareil photo *made in Japan*. Quand nous rentrons et faisons développer les pellicules, ma mère râle : les vendeurs se poussent du coude, pliés de rire, en lui rendant ses tirages.

Au quotidien, notre garde est confiée à Monique. Elle vient nous chercher à l'école midi et soir. Nous déjeunons, goûtons chez elle et y passons nos mercredis avec ses enfants. Leur maison est la nôtre et cette double culture, une chance. Nos parents aiment des choses que les enfants n'aiment pas : Michel Polac, le yoga et les gratins de blettes. Monique et son mari Albert regardent Dallas avec nous, adorent le patinage artistique et mangent des glaces Casino. Nous trouvons chez les uns ce qui nous manque chez les autres. La tendresse, elle, est partout.

Ce choix de garde est déterminant dans notre vie. Il arrime la famille de Monique et Albert à la nôtre, mais il fait aussi basculer notre rattachement scolaire. Prévu à notre adresse du quartier de Bellevue, il est modifié pour la leur, dans celui des Charreaux. Mon frère et moi quittons chaque matin notre avenue résidentielle à l'arrière de la Citroën Dyane de ma mère pour rejoindre le quartier voisin.

Les plus belles années de notre enfance se vivent sans doute là, parmi ces maisons de poupées, à travers ces petites rues désertées par les voitures. Elles sont de celles d'où l'on part et où l'on rentre mais où l'on ne se hasarde pas.

C'est un quartier tout proche et, pourtant, il offre un monde à part.

Il est une utopie torpillée par le réel.

Les façades des pavillons sont régulièrement repeintes et les jardins, impeccablement tenus. Les rues n'ont pas changé. Se perdre aux Charreaux, aujourd'hui encore, c'est plonger dans un film de Ken Loach. Les maisons dés à coudre y cachent des carrés de pelouse miniatures. Le confort y est vécu à l'étroit, entre de solides murs de briques. Désormais, les habitants sont des familles aisées attirées par la tranquillité des lieux et la proximité du centre. Le monde ouvrier auquel le quartier était destiné a disparu. Ses dernières traces tiennent aux noms des voies, toujours masculins, rouge vif et poing levé, et à la salle des fêtes construite par les habitants dans les années 1930. Elle est restée gratuite : on ne paie pas pour le fruit du travail collectif, on en jouit conjointement.

Monique et Albert sont nés aux Charreaux, ils y ont grandi et à leur tour élevé leurs enfants avant de nous accueillir mon frère et moi. Leur existence entière s'est mêlée à celle de la ville, faillites ou ouvertures d'usines en créent la ponctuation du récit. La bande originale en a été composée par les aboiements de leur chien Nikkie, le générique des *Grosses Têtes* et les albums de Johnny.

Je les appelle Tata et Tonton comme le flot d'enfants passés sur leur table à langer. Leur numéro est le dernier que je compose encore de mémoire. Je l'ai connu à six chiffres. Avec eux, entre nous, tout sera toujours simple.

Quand je vais les voir lors de mon premier retour à Chalon, le petit pavillon mitoyen a traversé le temps en relique. La couleur des volets est différente pour les deux foyers se partageant les murs. Bleue d'un côté, marron de l'autre. La famille voisine est la même depuis toujours. C'est celle de l'électricien dont la mère était la femme de ménage de mes parents. Ici comme à la campagne, l'union est scellée à vie.

Je retrouve Monique et Albert dans leur salon, entre les livres de France Loisirs et l'écran de télévision devenu plat. Assis dans le canapé, posant mille questions sur mon quotidien, ils se tiennent la main dans un amour jamais démenti. Les photos couvrent les murs. Enfants et petits-enfants sont leurs piliers.

La géographie familiale se confond avec celle du quartier. Les parents de Monique habitaient la maison d'en face, ceux d'Albert, la rue voisine de la boulangerie. La petite école où j'ai appris à lire et à écrire a abrité leur seule instruction. À quatorze ans, il a fallu travailler et leurs premiers salaires ont financé les traites de la maison. Des Charreaux, ils ont l'accent et le vécu.

Je le devine pourtant, sur Sara, ils ne pourront pas m'éclairer. Elle, elle venait d'en bas, de l'autre côté de la colline. Une enclave de petits immeubles et de bâtiments de tôle dans notre paradis. Et comme me le dit Monique, devant l'assiette de macarons décongelés pour ma venue et les tasses de thé réparties sur la table basse : « Ce coin-là, ce n'était pas vraiment les Charreaux. »

Car l'histoire de ce quartier est celle d'un idéal. Elle s'ancre dans un mouvement plus ample. C'est une cité-jardin, ce concept théorisé au sortir de la révolution industrielle anglaise. Les avantages de la ville sont combinés à ceux de la campagne. La famille ouvrière a sa propre maison, un jardin assurant l'autonomie alimentaire, une école pour l'instruction des enfants et un gymnase pour l'entretien du corps. Débits de boissons et lieux de culte sont interdits : de l'émancipation naît le bonheur. Le modèle se diffuse.

Au sortir de la Première Guerre mondiale, la suractivité industrielle des années 1920 accélère son essor. Les campagnes se vident et, en ville, la main-d'œuvre manque subitement de logements. À Paris, la loi Loucheur est votée : l'État débloque des fonds pour construire à travers le pays. La mairie communiste de Chalon s'en empare.

Les Charreaux, à l'ouest de la ville, sont encore un simple lieu-dit réduit à l'état de friche. Situé à deux kilomètres du centre, coincé le long de la voie ferrée, mais protégé des crues par sa pente et accessible par deux routes, il fait face à la verrerie de Saint-Gobain, c'est le terrain parfait.

La municipalité l'achète et y lance la construction de deux cents pavillons obéissant à ces principes où l'individuel s'appuie sur le collectif et où l'intimité se cale sur la cadence des trois-huit.

En quelques mois, la cité-jardin sort de terre. Sa principale artère porte le nom de Charles Fourier, théoricien des phalanstères, ces communautés visant à l'harmonie universelle. Celui de Proudhon, précurseur de l'anarchisme, a été retenu pour baptiser l'école. Albert et Monique y comptent parmi les élèves des premières générations. Sara et moi les suivrons des décennies plus tard.

Entre eux et nous, le quartier vit un sursaut imprévu. Il trouve ses prémices dans la Seconde Guerre mondiale. Chalon est coupée en deux par la ligne de démarcation. Ses réseaux de résistance sont traqués. La ville devient la proie de bombardements. Au sortir de quatre ans d'occupation, il faut balayer les décombres et entrer de plain-pied dans l'époque moderne pour éviter la faillite.

Tout bouge. Dans ce monde en chantier, où même les énergies sont neuves, le nucléaire est déclaré puissance d'avenir. La combinaison de l'eau et du charbon y trouve sa nouvelle destination. Pour Chalon, cela tient du miracle : le rebond est assuré.

Celui-ci s'engage à la puissance des turbines. Les usines créées sur les rives, celles du Petit Creusot devenu Creusot-Loire, aménagent leurs équipements. Des entreprises d'électronique s'installent pour les fournir et l'usine historique de verrerie s'agrandit. Et, puisqu'on ne prête qu'aux riches, Kodak, la plus grande entreprise mondiale de photographie, choisit Chalon, où le procédé est né, pour s'implanter en France. En 1826, Nicéphore Niépce, ingénieur passionné par les lanternes magiques, est parvenu, à l'aide d'une chambre noire, à fixer le point de vue depuis la fenêtre de sa maison sur des plaques d'étain recouvertes de bitume de Judée. On parle alors d'héliographie, l'écriture par le soleil. Symboliquement, le choix de la ville est parfait pour l'entreprise.

Chalon est une ville dynamique et accessible. L'époque résonne des cadences du travail à la chaîne. L'union entre l'une et l'autre est célébré pour entrer joyeusement, au son des nouveaux francs, dans les Trente Glorieuses.

La main-d'œuvre venue des villages environnants et du nord de l'Afrique tout juste décolonisé est invitée aux noces. Les hommes arrivent en priorité, avant de faire venir femmes et enfants.

Seulement, à nouveau, la rareté des logements gâche la fête. Dans le centre historique, insalubre, les familles débordent des appartements étroits. La construction est, cette fois encore, le seul salut.

Alors, on y va. De grands ensembles sortent de terre. Le béton est roi et on l'imagine éternel. À travers la France, l'heure n'est plus aux phalanstères. Le commun se réinvente et l'urbanisme y répond, cette fois, à coups de tours agglomérées en cités. L'affaire se révélera un désastre. Pourtant, personne ne sème délibérément les germes du malheur. Au-delà de l'urgence et de la nécessaire maîtrise des coûts, ses concepteurs croient au bien-être né de la modernité. Le rêve d'un vivre-ensemble apaisé semble présider à ces plans d'habitations groupées, égayées de rares commerces d'alimentation et de terre-pleins arborés. Qu'ils soient inaccessibles à pied, relégués aux faubourgs, et ses habitants livrés à la merci des horaires erratiques des bus n'a pas été pensé ou bien à l'envers.

La vie, semble-t-on croire, jaillit là où on le décide.

Ces bâtiments constituent des sociétés autonomes. Les crèches jouxtent les terrains de sport. Les fenêtres s'ouvrent sur des parcs de jeux. Comme dans les cités radieuses de Le Corbusier, l'esprit des lieux repose sur la joie du partage. L'isolement, le bruit et la douleur du déracinement sont absents de l'esprit bâtisseur.

Dans le langage commun, ces ensembles seront rapidement rebaptisés « quartiers des Arabes », leurs noms sonneront comme une condamnation et leurs habitants cacheront leur adresse pour chercher du travail.

Une génération plus tard encore, certains maires parleront d'« épuration ethnique » pour condamner la disparition des Français d'origine de ces endroits, sans interroger leur délabrement insigne. Mais dans les années 1960, ces murs-là ont l'allure de la modernité.

À Chalon, les quartiers de la ZUP et des Aubépins élargissent la ville vers l'est pour l'intégrer à cette France en puissance. Il faut poursuivre mais cette fois, les caisses sont vides.

À trois quarts d'heure à pied du centre en direction de Paris, des terrains en friche cernés par le canal reliant la Loire à la Saône semblent offrir des conditions acceptables. Chalon s'étend pour la dernière fois dans une promotion immobilière appelée l'« Opération Nord ».

Bienvenue à la cité du Stade, ses huit barres, sa tour ronde et ses rares commerces.

Seulement, on embauche toujours plus. Et ça coince à nouveau. Décidément, ne peut-on rien faire ? L'abbé Pierre ne cesse de le répéter, le pays manque de logements. Regardons bien. Si, là, il reste une friche aux Charreaux, en face de l'ancestrale usine de verre et aux champs de betteraves. Qu'à cela ne tienne. Quelques tôles ondulées sont assemblées au plus vite pour abriter une poignée de familles le temps de construire quatre tours issues du « Programme à loyer réduit ». Ces cités d'urgence censées durer le temps d'un hiver seront détruites quarante ans plus tard. Cet agglomérat hétéroclite double la population initiale en empilant les foyers à la verticale. Il est appelé cité des Poètes.

La culture ouvrière des Charreaux bascule sous le poids du béton et de ses nouveaux habitants. Le quartier se scinde en deux mondes : celui des pauvres et celui des très pauvres.

En 2001, l'année où Sara est morte, un million d'ordinateurs étaient connectés à Internet. Aujourd'hui, ils sont cinq milliards. Dans cette mémoire universelle, une page de condoléances virtuelles est restée ouverte à son nom. C'est sa seule occurrence. Le fait divers l'impliquant n'a laissé lui aucune trace.

L'expression « mort et enterré » signifie par analogie qui est éteint et ne continuera pas. Sara est morte et enterrée par le silence et l'oubli. Les gens ne se rappellent pas ou si mal, la famille est introuvable, et les institutions, amnésiques.

Pour le reste, les derniers témoins de son existence ont construit des vies dans les clous d'une normalité discrète. Sur les réseaux sociaux, celles et ceux que Sara a aimés ont attribué à leurs profils des pseudos rigolos ou leur patronyme d'épouse. Leur activité professionnelle ne crée pas de retombée médiatique. Parvenir à renouer le contact tient du miracle. Il est fait de recoupements et de *stalks*.

À cela je me plie pour retrouver Leïla.

Elle et moi sommes restées liées durant toute ma scolarité aux Charreaux. Elle figure sur mes polaroids d'anniversaire, autour du gâteau à quelques bougies, ou assise dans la pelouse de la maison de mes parents. Sur chacune de mes photos de classe, près de l'immense baleine en papier mâché de notre cour d'école maternelle, ou devant le toboggan de celle de primaire.

Sur ce cliché de CE2, elle est agrippée à l'échelle et a fermé les yeux au moment du flash. Sa grimace ne rend pas hommage à la délicatesse de son visage. C'est une enfant menue aux allures de poupée fragile.

Tous mes souvenirs de Sara l'incluent. Durant notre scolarité commune, elle est la seule camarade authentiquement proche d'elle et pour cause, elles ne se quittent pas : Leïla, comme Sara, vient de l'autre côté de la colline des Charreaux.

L'une vit dans les hauteurs d'une barre, l'autre au ras du sol d'une cabane de ferraille.

Placoplatre ou simple tôle, l'habitat vaut discrimination pour l'une et l'autre. Les transports n'ont pas été prolongés jusqu'ici. Il faut aux habitants traverser entièrement le quartier pour rejoindre l'arrêt de bus devant le gymnase. Le nom administratif de leur territoire commun, cité des Poètes, est doux mais personne ne l'emploie jamais. Ici, on dit « les PLR » comme on crache. Programme à loyer réduit : ces bâtiments sont conçus pour un prix de revient et des loyers inférieurs à ceux des HLM. Quant aux cités d'urgence, dites « de relogement » par l'administration, leur caractère provisoire a été vaincu par la pérennité de la misère.

Leïla est conçue et grandit aux PLR, ces deux cents logements construits dans la foulée des cités d'urgence où vit la famille de Sara. Comme HLM, l'acronyme dévoile la précarité financière de ses habitants avant de définir le bâti. Sa famille est originaire de Fès. Elle est la première des enfants à naître en France. Observatrice minutieuse en classe comme dans la cour, elle parle peu et élève la discrétion au rang de vertu.

Quand je cherche à la recontacter, Leïla semble, un temps, introuvable.

Un mince fragment de lumière me vient en aide. Plusieurs années auparavant, Leïla s'est autorisé une représentation publique en participant à des élections locales de la banlieue bourgeoise de Lyon où elle réside désormais. La liste sans étiquette l'a présentée en accolant son nom de jeune fille à son nom d'épouse. De ce fil, j'en tire d'autres, le nom de son mari, une activité professionnelle, un numéro de téléphone associé à une box Internet. Un matin, je le compose sans y croire. Pourtant, la voix qui décroche est bien celle de Leïla.

L'entendre me bouleverse.

Aussitôt, sa rapidité d'esprit alliée à sa surprenante franchise atomise les années de distance en quelques mots. Car Leïla jette déjà dans le combiné : « Toi, je sais pourquoi tu m'appelles. Tu veux que je te parle de Sara. »

Dès la maternelle, les retards d'apprentissage de Sara la ralentissent de deux ans et nous hissent, Leïla et moi, à son niveau scolaire. Mais physiquement, elle évolue et mûrit. Elle a les formes d'une sculpture de Bourdelle quand tout dans son être demeure enfantin.

L'année où nous posons devant ce toboggan, elle a ses premières règles, nous le chuchote au cours d'une récréation et prend à nos yeux des allures d'initiée. Du haut de nos huit ans, Leïla et moi partageons une approche élémentaire du corps. Nos jambes servent à courir vite et nos mains, à taper dans des ballons ou sur des tambourins. Le bruit et le mouvement sont les points et les virgules de notre expression au monde. Durant les heures de classe, l'autorité nous rive à nos chaises quand tout en nous bouillonne d'énergie. Pourtant, Sara en est la preuve : le secret évoqué par les mères, chuchoté entre filles, deviendra bientôt réalité entre nos jambes. Ce sexe, perdu sous l'afflux de surnoms le rebaptisant zizi, zézette ou minou et auquel les adultes attribuent une importance étrangère à son rôle dans nos vies, est bien le lieu d'un phénomène improbable. Enfants, nous ne cessons de faire couler notre sang et l'écarlate du mercurochrome s'affiche au nuancier de notre quotidien. Nos genoux s'éraflent sur le goudron, nos dents tombent, nos pieds s'ouvrent sur les coquillages. Mais imaginer le fond de nos culottes se prêter à pareil accueil tient du malentendu aux accents honteux. Notre féminité à venir se fonde sur la répétition d'une blessure sans plaie. Comment ne pas prendre peur ?

Nos retours de l'école à l'heure du goûter se changent en réunions de crise. Leïla et moi préparons des questions auxquelles Sara sait répondre sans emphase ni pudeur. Elle parle simplement, sans quitter ce premier degré habité en permanence.

Dix ans plus tard, les documents judiciaires scellant son sort reprendront cette capacité de Sara à relater les faits sans affect, spectatrice de ses propres tumultes.

Elle s'exprime par des phrases courtes et simples et, quand elle ne sait pas, elle se tait.

Je les quitte en arrivant près de chez Monique.

Aux PLR, Leïla et ses sœurs grandissent dans le confort destiné aux précaires des années 1970. La modernité y ploie sous les défauts d'isolation et la promiscuité. Les parents de Leïla ne s'en plaignent pas. Ouvrier polyvalent, son père offre ses mains et sa force de travail aux usines du coin. Lui est venu du Maroc en éclaireur, laissant derrière lui sa femme et ses filles aînées. Le regroupement familial ne faisait pas partie de ses projets. Il s'est fait sous l'insistance de sa toute jeune femme, décidée à connaître les privilèges réservés aux hommes. Ce soubresaut dans leur parcours de couple crée un écart de dix ans entre les aînées et les cadettes et une intégration différente à la culture française. Les aînées sont déracinées, les cadettes désarçonnées : leur nom et leur physique les ramènent à un pays inconnu pour l'essentiel. Leur mère, elle, se mobilise pour s'émanciper. Peu éduquée, ignorant le français, elle suit des cours d'alphabétisation et, plus tard, deviendra, dit Leïla, indépendante en étant femme de ménage. Gagner sa vie par elle-même sera l'aboutissement d'une longue bataille vers l'autonomie.

Leïla reçoit l'exil en héritage. Sa grand-mère restée à Fès incarne la rupture avec les origines. L'évocation de cette femme, si mal connue et tant aimée, résonne dans sa voix comme l'effleurement d'un trésor dont elle aurait été privée.

Ses fenêtres donnent sur les dix baraquements de tôle nommés « cité d'urgence ». La famille de Sara habite l'un d'eux.

Ces cabanes-là ne possèdent qu'une seule pièce où Sara, ses cinq frères et sœurs et ses parents dorment réunis. Un petit bloc fait office de sanitaires avec une baignoire sabot et des toilettes à la turque. Le sol de terre battue emmagasine un froid contre lequel le poêle à charbon peine à lutter.

Le père de Sara a épousé une Chalonnaise à son arrivée d'Algérie. Chaque année voit la naissance d'un nouvel enfant et les trois premiers sont des filles. Son salaire de carrossier le glisse dans la catégorie du « quart-monde » tout récemment théorisée par Joseph Wresinski, un prêtre français d'origine polonaise, lui-même né en camp de réfugiés. Elle désigne cette population vivant sous le seuil de pauvreté, et appréhende la misère comme une confiscation des droits. Les bidonvilles pérennisés à travers le territoire témoignent de cette injustice.

La mère de Sara s'y emploie à tenir un foyer rendu bancal par son mari. Car chacun redoute les coups de sang de cet homme alcoolique et violent. Ses montées soudaines de colère le conduisent fréquemment à frapper la chair placée sur son chemin. Ce peut être celle de sa femme comme celle de ses enfants. C'est le plus souvent celle de Sara.

Les témoignages le relateront plus tard au procès : la nuit, régulièrement, l'homme réveille sa fille en l'empoignant par les cheveux et l'entraîne dans le cabinet de toilette.

La mère, qualifiée d'aimante et « gentille » par l'avocat de la défense, dira simplement s'être laissé dépasser.

De cela, Sara ne nous parle jamais.

Les visites de la grand-mère maternelle représentent de rares pauses dans la menace quotidienne. Installée à la cité du Stade, elle doit traverser la ville en bus et marcher près d'une demi-heure pour les rejoindre. Aux Charreaux, coup de cutter à l'interdiction initiale de créer un lieu de culte, il existe un bâtiment dédié aux témoins de Jéhovah. Eux la nomment salle des Royaumes. La grand-mère de Sara la fréquente et l'y emmène. Celle-ci en rapporte des magazines à l'esthétique surannée. Elle nous les montre en cachette à Leïla et à moi. Jésus y a des allures de star hollywoodienne aux cheveux crantés et, unis dans leur foi en lui, animaux, hommes, femmes et enfants partagent une commune harmonie. Car la bonne nouvelle y précède chaque écrit : depuis le ciel, le royaume de Dieu supprimera bientôt toute méchanceté et transformera la terre en paradis.

Le monde de Sara s'établit entre ces deux pôles : l'enfer de ses nuits et l'Éden consolateur.

Il ne reste plus rien des bâtiments.

J'ai beau chercher, je ne retrouve pas trace de ce bidonville des temps modernes et dois m'orienter au GPS de mon téléphone pour m'assurer être bien sur les anciens lieux de la cité des Poètes. Vers la fin des années 1990, celle-ci a été rasée. Les habitants les plus chanceux ont été relogés dans les résidences des Aubépins, construites en pleine prospérité et résistant au temps. Les autres ont échoué à la cité du Stade.

Entre nous, à l'école, nous appelions ces rues « Chicago ». Ça donnait de l'éclat aux petits caïds et de la valeur à nos frissons. Parfois, écouter ces gamins et deviner leur quotidien pouvait nous rendre envieux. Au-delà d'une chaleur née de la promiscuité forcée, les champs de maïs et de betteraves alentour donnaient à l'enclave des airs de campagne. Et la sérénité parfois se trouvait dans les échanges avec des prêtres missionnaires rapatriés d'Algérie et bien décidés à poursuivre le dialogue. Des centaines de familles ont vécu là, mélangeant langues et cultures.

Aujourd'hui, des bâtiments de bois ont remplacé la tôle et les parpaings. Une résidence de taille modeste dont les fenêtres donnent sur les champs immuables.

Tout est calme.

Ici, on utilise souvent les mots « troènes », « gravier », « déchèterie ». On dit « faire de l'essence » et « voie rapide ». Dans cette France des ronds-points, les soulèvements se colorent en jaune entre les buffets à volonté et les Jardiland. Ils se poursuivent, sporadiquement, en plein centre ou devant l'hôtel de ville. Ça râle, encore et toujours. Et c'est déjà faire communauté.

La province face à Paris, c'est un pays entier mis à égalité avec un million d'habitants. Campagnes, petites villes et métropoles sont jetées sans précaution dans un même sac. Pourquoi s'embarrasser puisqu'il s'agit tout juste de départager le lieu où l'on décide de celui où l'on exécute ? Autant vouloir nommer un corps décapité. L'unité est un mirage et le mépris, même pas masqué : dans une étymologie obscure, « province » signifie « terre vaincue » et ça n'amuse pas les concernés.

Mues par leur brusque quête d'égalitarisme, les années 1980 s'accessoirisent de symboles : le terme de « régions », du latin « diriger », est établi en signe de respect neuf de ces zones traitées en vrac. Mais, pas plus apte à rendre compte des mille réalités du pays, celui-ci peine à s'imposer. « Territoire » lui succède sans davantage de succès. Les règlements et les textes officiels s'adaptent vainement : dans le langage commun, la province résiste.

Son hospitalité est saluée avec condescendance et ses modes gentiment moquées. La province, c'est la ringardise rassurante, la vieille tante dont on moque gentiment la robe ou les santiags de Florent Pagny.

Pourtant, l'ardeur du pays sonne là, aux portes de villes structurées à l'identique, dans un plan urbain aux allures de poupée gigogne. Le centre historique regroupe les institutions clés. Les commerces et les bureaux d'affaires s'étirent autour, précédant les zones pavillonnaires désormais prises sous l'ombre des grands ensembles. Puis, à nouveau, l'horizon se dégage sur de petits lotissements aux noms de fleurs ou d'oiseaux, tissant l'espace périurbain dans un glissement progressif vers la campagne. Le chic se construit à l'Ouest : historiquement, les fumées de charbon partaient vers l'Est.

Isolée par la nature, Chalon-sur-Saône est un modèle du genre. Elle a pu s'étendre sans entraves au fur et à mesure de son expansion industrielle et immobilière.

Cette fois encore, tout s'est joué au fil de l'eau. La Saône traverse la ville et l'organise. Mairie, tribunal et cathédrale dessinent un triangle parfait face au quai occupé par l'ancien hôpital. Le cœur urbain bat depuis ses institutions fondatrices, son Espace des arts et ses commerces non essentiels. Vêtements, livres et objets de décoration parent les vitrines d'un centre piéton aux allures bourgeoises.

Au début des années 2000, quand le numérique l'emporte sur la pellicule argentique, le ralentissement du programme nucléaire a déjà signé la fin de Creusot-Loire. Kodak a fermé son site. Celui de Philips suit. Les commerces de masse aux allures de hangars émergent sur l'île Saint-Laurent au rythme accéléré du sous-emploi. Magasins discount cernés de parkings XXL, ils multiplient les anglicismes pour évoquer le pas-cher fabriqué là où le droit du travail tient de la farce. Les très riches ne sont pas les seuls à exploiter les très pauvres. Les moins pauvres s'en chargent parfaitement aussi.

Au-delà s'ouvrent les prémices de la campagne, où les maisons traditionnelles bon marché portent le rêve pavillonnaire à la portée des modestes. Ici, les *r* s'entendent roulés. Cette rive ouverte sur la ruralité emporte avec elle l'essentiel de la brume, comme ancrée dans le sol, semblant ne jamais vouloir partir.

Au Sud, le vert paysan et ses valeurs de tradition bourguignonne, à l'Ouest, les Charreaux, phalanstère évaporé. Et, plein Nord, la cité du Stade et sa désolation aux allures de modernité périmée.

Ce quartier est le dernier souvenir laissé par la ville dans le rétroviseur quand on gagne Paris. Mais personne ne se retourne jamais.

Quand Sara vient jouer chez moi, ma mère, pourtant si empathique, masque mal sa contrariété. Elle consacre sa vie au handicap mental, c'est son métier d'éducatrice. Jour après jour, elle s'emploie à fondre la différence des uns dans la normalité des autres. Quand nous nous promenons en ville avec elle, mon frère et moi redoutons de tomber sur ses élèves trisomiques : ils hurlent en la voyant dans une exubérance joyeuse.

Le personnel enseignant traditionnel envoie, à chaque rentrée, entre ses mains et celles de ses collègues, les élèves de maternelle à l'apprentissage tumultueux ou simplement lents. Ceux-ci passent quelques heures en observation. Soumis à une batterie de tests simples, ils sont déclarés aptes à poursuivre l'enseignement général ou invités à rester parmi eux pour y suivre un apprentissage plus adapté.

Ma mère exerce son travail avec sérieux et sa mémoire des visages n'est jamais prise à défaut. Celui de Sara l'a marquée. Il est de ceux – jeune apprentie de bar ou préposé au ménage – face auxquels ma mère chuchote, lapidaire : « Ça a été un de nos gamins. » Que je fréquente avec assiduité une enfant au retard mental manifeste ne l'enchante pas.

Sara doit avoir passé favorablement l'épreuve pédagogique puisqu'elle devient ma voisine de classe. Mais, étiquetée « bon niveau » dans l'institution où exerce ma mère, on la dit « débile légère » à l'école des Charreaux. À l'époque, le vocabulaire s'encombre peu de précautions et le mot est prononcé sans mépris. « Débile » a pour racine « fragile », et dans le cas de Sara, il sonne juste. C'est une enfant mal armée, privée de sommeil et bourrée de coups. Mais Sara masque sa douleur, ou peut-être simplement n'a-t-elle pas les mots pour la dire. Son impassibilité prend l'allure de l'arrogance. Elle agace les adultes.

L'instituteur, si généreux, nous surprend parfois par sa dureté à son égard. Dans cette classe déjà minée par l'instabilité sociale, la difficulté de Sara à intégrer les bases scolaires le désespère. Il la stimule peu, comme s'il savait son cas sans espoir. À quoi bon ? semble-t-il demander dans des gestes de fatigue, confronté à sa placidité.

Ailleurs et hors du temps, elle apparaît près de nous en contemplatrice. L'impatience des adultes et les ricaneries des petites filles glissent sur son visage.

Leïla et moi y lisons de la poésie. Les autres, une déficience.

Notre dernière année commune est riche en sorties. Une classe de neige est organisée dans les montagnes du Jura tout proche et une journée à Lyon au printemps nous permet de prendre pour la première fois le TGV, tout juste inauguré. De ces marqueurs d'autonomie si précieux, nous gardons tous des souvenirs forts. Le choc de la séparation est rude pour ceux qui n'ont jamais quitté leur mère. L'isolement des familles immigrées comme celui des précaires, l'un et l'autre allant à l'époque souvent de pair, tisse un lien singulier entre parents et enfants. Ma mère travaille, confie ma garde à Monique et je passe mes étés avec mes cousins : je suis familière de l'autonomie. Mes camarades ne le sont pas. La nuit, les pleurs bercent les chambrées partagées à quatre ou cinq et, le jour, les expériences inédites nous épuisent.

Sara n'est pas des nôtres. Sans doute ses parents n'ont-ils pas les moyens de la participation demandée. Peut-être n'ont-ils pas les deux pantalons ou jeans, dont nous découvrons l'orthographe, ahuris, en parcourant le trousseau requis par l'école, ou les sept slips ou culottes dont la distinction lexicale nous amuse tant. Cette année-là, Sara ne connaît ni l'initiation au ski de piste, les abricots secs et la boum du dernier soir au réfectoire, ni la découverte ensoleillée du parc de la Tête-d'Or et celle du mammouth de Choulans au musée d'Histoire naturelle. Les financements d'une mairie historiquement de gauche vivant ses derniers mois ne suffisent pas à estomper nos différences.

Et puis, un soir de printemps, j'accompagne ma mère à la cité des Poètes.

Elle ne m'a sans doute pas demandé mon avis, j'aurais refusé. En me récupérant chez Monique, elle doit faire un crochet par le nord des Charreaux pour s'entretenir avec les parents de l'un de ses fameux gamins. Ma mère est à l'aise avec la misère. Elle en vient, s'en est extirpée avec courage et a consacré sa vie à éviter aux autres de s'y noyer. Voir sa silhouette à la Gina Lollobrigida déambuler dans le bidonville et sonner d'une porte à une autre tient d'un film de Fellini.

Ce soir-là, je l'attends, seule dans la Citroën Dyane, quand Sara surgit de l'un des bâtiments de tôle. Accompagnée de sa grand-mère et de ses sœurs, elle n'est plus la même. Ici, son visage est détendu. Elle est vivante parmi les siens. Elle se chamaille avec eux et son corps trouve une tonicité inconnue à mes yeux. Sara offre un visage heureux.

Joyeuse, la troupe gagne la supérette. Sara disparaît derrière la porte du commerce et il me semble avoir vu une apparition.

La ministre est chalonnaise. Comme Sara, comme Florent Pagny, comme moi, et même comme Benjamin Griveaux, son adversaire d'un temps à la mairie de Paris, elle est née dans cette petite maternité cachée derrière le quartier des Charreaux.

D'elle, les photos sont nombreuses. Rachida Dati y apparaît tantôt en tenue de soirée, tantôt accessoirisée en femme politique. L'esthétique est précise et rien n'est laissé au hasard. Lors de ses premiers mois au poste de garde des Sceaux, un magazine dont elle faisait la couverture a préféré effacer par retouche numérique la bague à trente RSA ornant son doigt. Depuis, elle a assagi son image. Les tailleurs sont sobres et elle regarde le monde derrière des lunettes en écaille.

Autour de son berceau se sont donné rendez-vous les mêmes fées de la sociologie que celles qui, cinq ans plus tard, se sont penchées sur celui de Sara. Avec un père algérien, travailleur du bâtiment, une mère marocaine, femme au foyer, une fratrie à rallonge et un bon pour le logement social, cette enfant est de la chair à canon statistique.

L'une et l'autre découvrent le monde parmi les authentiques déshérités, ceux dont les bagages emportent la misère pour seule mémoire et uniques racines. Les premiers pas sont guidés sur des sols étroits : celui d'un logement aux Aubépins pour la ministre et d'un baraquement à la cité d'urgence pour Sara. Les récits familiaux sont colorés d'Orient. Sans doute les souvenirs des parents se diluent-ils au fil des naissances successives. Onze chez la ministre, six chez Sara.

La famille Dati et celle de Sara seront relogées à la cité du Stade au mitan des années 1980.

Ces déménagements-là ne répondent à aucune inclinaison personnelle. Le choix du vert ou du minéral, du charme de l'ancien ou du confort moderne, s'évaporent dans les formulaires types du logement social. Face à cette administration vouée à prendre en charge les fragiles, seul le nombre de pièces importe. Il faut s'abriter de la pluie.

Aujourd'hui encore, en récitant la liste de leurs domiciles passés, les derniers résidents de la cité du Stade composent la musique de la misère locale. Les Aubépins, la ZUP, la Fontaine-aux-loups et la cité des Poètes scandent le refrain.

À la naissance de Rachida Dati, les bookmakers bourdieusiens ne lèvent même pas les yeux : un cas comme le sien fait à peine office d'outsider. L'intelligence et la curiosité ne façonnent aucun avenir sans l'arrogance à en user. Mais celle-ci est un privilège de bien-nés. C'est inextricable.

Alors, comment faire ?

Élevée à l'étroit entre ses frères et sœurs, ballottée de logement subventionné en cité HLM, cette jeune femme-là est vive, élégante, et déterminée à contredire tous les pronostics. Pour cela, elle développe un talent hors norme, susceptible de pallier toutes les anémies de son état civil : son sens narratif.

Dès l'université de Dijon où elle s'inscrit en droit, elle avance à la manière d'une petite entreprise locale, sollicitant des rendez-vous à Paris, bataillant pour s'imposer en précédant son destin. La presse évoque son opportunisme et les rumeurs courent sur la véracité de ses diplômes. Mais peu importe puisque au fil de sa carrière, ses titres acquis de ministre, puis de députée, sont, eux, authentiques.

Aujourd'hui, la ministre écrit et retrace son parcours. La légende est plus belle que la vérité. Ses interviews sont ponctuées de maximes flatteuses et faciles d'accès : *Quand on veut, on peut*, *Le travail paie* et *Le monde appartient à ceux qui se lèvent tôt.* Elle vante le courage de ses parents et la détermination héritée d'eux. Dans son récit, il y a du vrai, du faux et du détourné. L'art de raconter est le sang de sa carrière. Elle livre sa vie, au fil d'entretiens et d'autobiographies écrites par d'autres, à la manière d'un roman un peu simple. Les personnages, bons ou méchants, y sont dessinés à grands traits et les ellipses servent de tapis sous lesquels camoufler les angles morts. Entre coutures grossières et couleurs disparates, son écriture brode un fantasme universel : celui où l'individu l'emporte sur le destin et où les statistiques plient sous le poids de la volonté. À travers ses mots, chacun devient apte à puiser l'encre nécessaire à l'écriture de sa propre vie.

Tout chez cette femme fait roman.

Le sort de Sara sera scellé devant un tribunal pénal quelques années avant que Rachida Dati ne soit nommée ministre de la Justice.

L'une raconte et fait parler d'elle, c'est sa manière de travailler. L'autre, silencieuse et discrète, s'est tue à jamais avant d'atteindre la trentaine.

Mes parents ont dessiné à leur mesure le confort d'une famille normative. Ils ont conçu deux enfants et achevé de répondre aux codes en vigueur en empruntant sur vingt ans au taux immobilier ahurissant de l'époque. Leur choix, ou plutôt, celui de mon père, s'est posé sur une grande et belle maison qui nous donne l'allure de bourgeois aux yeux des copains que mon frère et moi invitons chaque week-end.

Soyons francs, cela ne leur correspond pas.

Car ce couple-là est curieux, doté d'un immense appétit de découverte. Chez nous, les murs sont couverts de livres sur l'éducation alternative ou le développement personnel propres à ces années où l'opulence économique et la fin des blocs permettent l'essor de nouvelles spiritualités. Les libres enfants de Summerhill y côtoient la Bhagavad-Gita. Nos parents ne croient en rien, mais espèrent en tout, traquant un supplément d'âme derrière chaque porte de la pensée.

Ailleurs, dans une plus grande ville et dans un quotidien moins bridé par la répétition, cette singularité serait une richesse. Ici, constamment frustrée, elle les leste à la manière d'un handicap. Ils sont inadaptés à leur propre paysage. Ce sont, dit-on, des « originaux ».

Plus tard, retourné à sa vie d'éternel solitaire dans un HLM de la côte normande, mon père évoquera ces années comme une expérience de vie conventionnelle. Ma mère déclarera plus simplement avoir aménagé cette maison familiale comme on s'accommode d'une tombe.

L'affaire fonctionne un temps. Dans le jardin stationnent deux voitures. La plus puissante est allouée à mon père. Il la prend chaque matin pour partir à l'usine et, l'été, pour nous conduire dans le Sud. Ma mère se contente de l'autre, petite, pour nous déposer à l'école et rejoindre plus loin le centre pédagogique où elle travaille. Il faut lever le siège avant pour accéder à la banquette. Je suis toujours à l'arrière. J'y resterai longtemps.

Ces vies-là se taillent au centimètre. Pour mon père, le costume de chef de famille est trop large. Sans cesse, il brandit des prétextes pour disparaître, laissant à ma mère le poids de la gestion du foyer. Il n'en nourrit aucune culpabilité et elle s'en acquitte sans joie. L'heure n'est pas encore à l'égalité des genres.

Ici, les codes guident le chemin et l'imaginaire n'a pas sa place. Ma mère abdique pour l'essentiel. Mon père, lui, s'y refuse. À la manière d'un Paco Rabanne de province, il poursuit sa quête spirituelle. Ce peut être dans les séminaires new age qu'il écume dans les campagnes environnantes, comme dans notre salon où il pratique le yoga, seul dans le noir. Parfois, le matin, alors que nous cherchons nos cartables pour partir en urgence à l'école, nous entrons en coup de vent pour buter contre son corps allongé sur le tapis en synthétique.

Nous voilà transis de honte. Nous aimerions, mon frère et moi, évoquer à l'école la virilité de notre père en joueur de foot ou en passionné de course automobile. En slip de coton bleu au milieu du salon, étendu à la façon d'une dépouille, il jure avec notre idéal.

Ma mère tente un temps de rares mais précis coups de cutter à la routine. Dans ces années 1980 où la quête universelle de mysticisme prévaut, elle expérimente la méditation transcendantale et les retraites monastiques. Elle part, un jour, à la rencontre d'un moine, munie d'un panier rempli de fleurs, de fruits et d'une chemise blanche à présenter en offrande. Elle traverse régulièrement la Bresse pour se prêter à l'acupuncture, développée dans la région au gré des arrivées des boat people, et soigne ses allergies à l'homéopathie. Les thérapeutes en tout genre peuplent son agenda comme autant de créneaux ouverts au luxe de l'immatérialité. Notre angoisse à la voir partir vers des territoires où nous n'avons pas notre place est à la mesure de notre attachement à elle.

Ce sont les seuls moments où mon père nous gère. Ces week-ends sont désastreux : cet homme ignore tout des enfants. Ma mère nous retrouve habillés de vêtements inadaptés, dans une maison où tout le ménage reste à faire. Elle cesse de partir.

Ça cogne. La vie est trop étroite. Comment se satisfaire de journées où chaque minute s'entrelace à l'autre dans une répétition systématique ?

La maison avec jardin, en périphérie immédiate du centre, et cette ambition de bonheur simple, où les sources de joie reposent, pour l'essentiel, sur la famille et les amis proches, ont l'allure de la perfection. Le couple de nos parents s'échoue sur cette illusion comme tant d'autres, avant et après eux.

L'enfance nous rend spectateurs du naufrage.

Leur union est noyée sous le poids des désirs contrariés avant même que j'aie atteint l'âge de l'appareil à bagues. L'année de leurs noces de cristal, ma mère prend un avocat pour demander le divorce.

Dans la foulée de cette rupture, nos parents décident ensemble de me faire quitter l'école des Charreaux pour m'inscrire dans un cours privé de la ville. Mes derniers mois de CE2 s'écoulent dans la nostalgie à venir de ces lieux aimés et de mon lien à Monique.

Il faut partir et c'est un déchirement.

L'instituteur adoré est profondément déçu de mon départ vers l'enseignement prétendu « libre » dans les manifestations de l'époque. Il milite pour une école ouverte, laïque et curieuse du monde, s'y emploie dans une vocation profonde et une bonne humeur constante. Je lui dois tant. Son amertume m'attriste.

À la rentrée suivante, je découvrirai des élèves vouant un culte familial à Dominique Perben, jeune maire tout juste élu, issu de la droite chiraquienne. Dans une bascule culturelle radicale, mes vêtements cousus selon *Modes & Travaux* et les pulls tricotés main qui faisaient ma gloire seront moqués par des petites filles habillées chez Jacadi ou Saint James. Un matin de septembre, quelques semaines après la rentrée, elles s'éloigneront à mon arrivée dans la cour. Ainsi suivront-elles les règles du tout nouveau « club des étoiles », ayant pour seule condition d'admission de ne pas m'adresser la parole.

J'apprendrai la soumission à l'autorité erratique et cruelle d'une institutrice et me réjouirai de voir les coups tomber sur d'autres. Durant quatre ans, un enseignement opposé aux valeurs inculquées chez moi me sera imposé. Seule élève non baptisée de l'établissement, je regarderai les anniversaires s'organiser sans moi et les amitiés se nouer autour d'évènements auxquels je resterai étrangère.

Mes parents, pourtant aimants, seront détournés de mon chaos par leur propre faillite intime. Le malheur des enfants naît souvent ainsi.

Sans doute chacun connaît-il un jour le rôle du mistigri. Figure dissonante, le bouc émissaire permet l'union du groupe dans la défense des codes fondateurs. Il soude la communauté en autorisant le lynchage collectif et conforte les foules dans leur sentiment d'appartenance.

Mise au ban à cause de mes sacs en macramé et de mes foulards peints sur soie, incapable de trouver ma place, j'errerai des années durant. Grandir est une tannée.

Je me relèverai bientôt, changerai d'école, rencontrerai des amis encore présents aujourd'hui dans ma vie. Dans la famille dont je suis issue, l'ouverture, la curiosité et les études forment le quotidien. Mon père, licencié lors d'un plan de départ, disparaîtra un temps au volant de sa voiture hors d'âge et restera injoignable des semaines durant.

Ma mère abritera ses doutes dans la découverte de la foi orthodoxe et couvrira les murs de la maison d'icônes. L'un et l'autre noieront dans les thérapies alternatives leur désarroi face à l'échec de ce « marié-deux-enfants » duquel il est encore inenvisageable de s'éloigner.

Pourtant, notre avenir à mon frère et moi n'en sera jamais hypothéqué. Bientôt, nous partirons, enrichis par l'expérience, et notre ostracisation d'un temps sera transformée en rite de passage.

À quelques kilomètres de moi, restée aux Charreaux, Sara, elle, sera réorientée en classe dite « de perfectionnement ». Elle poursuivra sa scolarité au ralenti, entourée d'adolescents freinés comme elle par un mauvais départ.

L'expression « voie de garage » est employée pour parler de ces orientations aux perspectives illusoires. La communauté et les institutions semblent s'être appliquées au dessin d'un paysage immobile pour elle. Pour le dire simplement, pour Sara, c'est déjà cuit.

Entre Sara et moi, le dernier échange a lieu lors de la kermesse de fin d'année, un samedi après-midi dans une chaleur accablante, là où, quelques mois plus tôt, le toboggan nous réunissait.

Ma mère m'a déposée, mais n'a pas pu rester. Sans doute avait-elle un autre impératif. La présence de mon père, elle, n'a pas dû être envisagée.

Je ferai seule mes adieux à ce bâtiment dont j'arpente le bitume et le lino depuis l'âge de mes premiers souvenirs.

Entre la buvette et le stand de gâteaux, où les parents du quartier distribuent assiettes et gobelets, je retrouve Sara. Elle ignore l'isolement : avec ses deux sœurs si aimantes, elles fonctionnent en bande. Leïla, plus tard, me dira son trouble en découvrant les images du film *Virgin Suicides* et la rémanence de cette sororie à la blondeur évanescente.

Le moment fort de la fête est une courte pièce de théâtre. Écrite et mise en scène par les grands, la création est prise au sérieux. Les planches ont été montées sur estrade au milieu de la cour et, dès les trois coups frappés au manche à balai, tout s'est suspendu. L'intrigue se déroule dans le bureau d'un commissariat. Un incendie s'est déclenché la veille lors d'une fête organisée par un groupe d'adolescents et, dans une succession d'auditions, chacun livre sa part du récit à l'inspecteur en charge de l'enquête. Dans la dernière scène, l'un des témoins revient sur sa version et avoue avoir jeté dans les fourrés un mégot incandescent, provoquant le drame. Le recours narratif à ce vice d'adulte est transgressif et le petit comédien auquel a échu le rôle de fauteur de troubles en prend une épaisseur inédite.

Sara regarde le spectacle à mes côtés, suit le déroulé de l'affaire, impressionnée comme moi par ces camarades osant se mettre en lumière.

Chaque détail du spectacle a été travaillé. Le dispositif permet une parfaite économie de moyens. Une grande affiche d'une exposition sur la grotte de Lascaux collée à un panneau de placo, un bureau récupéré dans l'école et quelques chaises suffisent à figurer un commissariat de quartier. Quant à l'élève incarnant le commissaire, il porte d'un air négligé un chapeau imitation stetson pour signifier sa fonction.

La scène des aveux est le dénouement de la pièce. Les petits comédiens sont immergés dans leur rôle et l'apprenti fumeur livre sa faute face au public quand, tout à coup, le panneau de placo s'effondre.

Le public n'ose pas réagir et le silence s'assèche de tout piaillement pour devenir absolu. Sara et moi restons figées, les yeux grands ouverts.

Devant nous, les deux enfants se débattent, poursuivant le récit du drame sans marquer de pause – le prétendu incendiaire tente de remettre le panneau sur pied en le repoussant d'un bras. Mais, sans se rétablir, au contraire, la grotte de Lascaux oscille désormais vers la tête du commissaire chapeauté. Le garçon n'a plus le choix : il livre ses aveux le bras tendu, dans un geste propre à défier tout sérieux. Généreux, le public ne rit pas et trouve dans cette complication inattendue une péripétie réjouissante dans une pièce écrite par des enfants.

Le comédien mobilise ses dernières forces pour conclure son dialogue. Il lui reste à raconter l'embrasement soudain des fourrés, sa panique en raison de l'incendie rampant et sa fuite entraînant le désastre. Il y parvient et c'est un tonnerre d'applaudissements.

À côté de moi, émerveillée par cette issue heureuse, Sara fracasse ses mains à coups de bravos.

Je la vois pour la dernière fois.

Le rideau noirci par les flammes est resté coincé dans le montant de la fenêtre. Emporté par l'incendie, déchiré par les éclats de verre, il s'est accroché au petit-bois pour flotter des mois durant à la vue des passants de la place Saint-Vincent, cœur historique de la ville.

Cette image ouvre tous les témoignages du fait divers.

Ici, quatre murs de pierre ont tenu lieu de scène. Eux n'ont jamais menacé de s'effondrer sur quiconque. Dans une arrogante résistance, ils ont abrité le temps d'une nuit délire, explosion de violence, effusion de sang et départ de feu. Ce sont ceux d'un appartement ancien, voisin de la cathédrale, à l'étage d'une boutique d'antiquités.

Un matin de septembre 1991, le cadavre de la propriétaire âgée de quatre-vingt-quatre ans, a été retrouvé. Son corps avait reçu trente-huit coups de couteau avant d'être brûlé.

Si l'enquête a été bouclée en un week-end, tant la culpabilité de Sara, alors garde-malade de la victime, tenait de l'évidence, l'instruction judiciaire, elle, a pris son temps. Le rideau a flotté sur la place des mois durant. Le juge, les avocats et les voisins ont dû supporter son mouvement indolent, à la façon d'une mauvaise conscience.

Écouter chacun d'entre eux témoigner aujourd'hui, c'est à nouveau faire souffler le vent dans des fibres brûlées.

La place Saint-Vincent fait désormais trôner en son centre une fontaine sphérique en pierre de Buxy, claire et lisse. Elle est l'œuvre d'Ivan Avoscan, un sculpteur natif de la région, disciple de Brancusi et de Bourdelle. Face à la façade néogothique de la cathédrale, son abstraction dissone élégamment.

Vincent est le saint patron des vignerons. Ici, le prénom fait sens. Récemment, dans ce terreau historiquement viticole, les bars se sont mis au vin nature. Les vieux appellent ça de la piquette. En commander fait marque de snobisme ou d'ignorance, pourtant, année après année, les appellations disponibles se multiplient sur la carte.

Les photos anciennes permettent par comparaison au paysage actuel l'avant/après si prisé des municipalités. Elles font valoir l'importance de leurs décisions dans notre quotidien. Le vieux centre faisait honte : il est devenu patrimonial. Les immeubles à colombages ont gardé leur façade, mais les intérieurs ont été soufflés pour transformer les taudis en appartements bourgeois. Les logements sociaux pour familles nombreuses ou jeunes travailleurs ont été déplacés dans les cités plus récentes des faubourgs. La cathédrale comme sa fontaine voisine sont dorénavant régulièrement rénovées. Une brasserie chic et lumineuse avec terrasse s'est ouverte à l'entrée de la place. Elle est aussitôt devenue le lieu où se retrouvent les plus aisés. Les commerces voisins se sont adaptés. Au fil des départs à la retraite, PMU et épiceries sont devenus salons de thé et concept stores où les accessoires de maroquinerie éthique le partagent au prêt-à-porter de luxe. Dans ces magasins multimarques tenus par des femmes aux manucures parfaites se vendent des robes hors de prix de créatrices françaises dont les noms ponctuent les magazines de mode. À leurs côtés, un ancien entrepôt fait commerce de meubles vintage scandinaves et de rééditions de fauteuils Eames. Les jours de marché, les paniers en osier et les *tote bags* rivalisent avec les cabas à roulettes. Et quand le silence s'installe le temps d'une nuit ou d'un jour férié, les couleurs vives des boiseries parviennent à transpercer la brume inendigable pour maintenir la place en vie.

Désormais, tout est beau et la misère est un souvenir. Les lettrages à l'ancienne sur le fronton des façades jouent le populaire et à arpenter le pavé en slalomant entre les chaises de bistro cannées, il est délicieux d'y croire.

La place a pris l'allure d'un témoignage architectural historique. Sa photo ouvre les guides touristiques. Fragment de mémoire fardé au neuf, elle promet cette douceur de vivre dite provinciale. Celle où les traditions rassurent sans hypothéquer la vitalité du présent.

À l'angle de la cathédrale, un bar à rhum a remplacé le magasin d'antiquités. Au premier étage, derrière le petit-bois des fenêtres, des rideaux blancs et neufs sont proprement tirés.

Le mot « histoire » a pour étymologie « enquête ». Pour raconter celle de Sara, il m'a fallu mener la mienne. La distribution des rôles entre coupable et victime avait déjà eu lieu. Aux yeux de la loi, c'est une affaire simple, résolue par l'obtention d'aveux quarante-huit heures après le meurtre.

Les inconnues de cet homicide sont ailleurs. Elles jalonnent le parcours ayant mené les mains de Sara de ses cahiers d'école à la vaisselle d'un EHPAD puis jusqu'aux manches de deux couteaux.

Le sang est hypnotique. Chacun, dit-on, recèle en lui un fantasme meurtrier qui trouverait sa catharsis dans les faits divers. Lire ou écouter le monstrueux serait une manière inconsciente d'interroger ses propres pulsions. Plus le crime est laid, plus le passage à l'acte semble opaque et subjuguant.

À la manière d'un coït aperçu dans l'entrebâillement d'une porte, le spectacle du crime est tabou. Oubli de soi et des interdits faisant société, la violence semble exprimer l'intime le plus profond. Elle fascine, car elle est une prise de pouvoir sur le monde, un doigt d'honneur mortel à tout ce qui nous unit.

Chacun brûle de connaître la forme de la transgression. Quand ? Comment ? Où ? Combien de coups de couteau ou de carabine ? Dans le calme ou dans l'effusion des sens ? On soupçonne dans cette bascule vers le meurtre une intensité extraordinaire. On jalouse l'adrénaline provoquée. Inconsciemment, la capacité à tuer est assimilée à une force surhumaine plutôt qu'à une défaillance de l'être.

Dans l'écriture, c'est un danger.

La littérature consacrée aux faits réels se nomme le *true crime*. En publiant *De sang-froid* en 1966, récit du quadruple homicide commis au Kansas par deux petits délinquants, Truman Capote en livre le premier exemple. Le titre du livre se réfère autant à l'indifférence manifeste des meurtriers au moment des faits qu'à celle de la société vis-à-vis de ceux-là.

Si les victimes sont incontestables, les coupables, eux, semblent rester suspendus dans les limbes entre fragilité et tyrannie. Les monstres sont rares. Les crimes et délits reposent le plus souvent sur des êtres distordus.

L'écriture s'applique alors à retrouver l'humanité là où elle semble avoir disparu. Elle fouille l'infinie difficulté des humains à survivre les uns parmi les autres.

Pour qui la traverse, la violence n'a rien de magnétique. Elle est d'une parfaite tristesse, semant le seul désarroi.

L'instant où Sara empoignera deux couteaux avant de les abattre sur la femme dont elle a la charge marquera symboliquement la fin de son histoire. Sa vie s'est jouée en dix-neuf ans. Le reste ressemble à un sursis morne.

Dans cette famille dévastée par le drame et affligée de deuils consécutifs, seule l'une des sœurs de Sara survivantes peut encore en faire le récit et elle préfère le silence.

Les morts n'appartiennent à personne, mais exigent beaucoup de ceux s'autorisant à ouvrir leur cercueil.

Je m'y suis employée.

Si raconter relève de l'enquête, alors mon histoire devait s'appuyer sur une méthode. Il me fallait faire appel à des spécialistes, de ceux dévolus à décrypter les mystères et à éclairer les zones d'ombre.

Un ami juge d'instruction a identifié pour moi les sources écrites accessibles consacrées au meurtre et les policiers ou magistrats susceptibles d'avoir gardé la mémoire des faits.

Un camarade journaliste m'a prévenue : les pauvres disparaissent sans traces. Inutile de partir en quête de livrets scolaires, d'arbres généalogiques ou d'autres images. La précarité se vit en secret. Pour avancer vers Sara, je devais compter sur la seule oralité. À moi de trouver qui écouter. Avec un peu de chance, peut-être restait-il des témoins de son quotidien.

Certains se sont tus. D'autres, en revanche, ont accepté de nouer le dialogue pour me raconter le cheminement de sa déroute.

Ceux-ci, comme Leïla et moi, y voyaient sans doute l'opportunité d'apaiser leurs nuits en écoutant les lémures.

Le déménagement familial dans un appartement plus grand de la cité du Stade, où enfants et parents accèdent à des chambres séparées, devrait être un soulagement pour Sara. Il améliore le quotidien sans pour autant la mettre en sécurité. La violence paternelle se poursuit : les cloisons, désormais, créent des angles morts.

Ses nuits sont agitées. Aux Charreaux, dans le préfabriqué de la cité d'urgence, elle a développé des troubles parasomniaques post-traumatiques : stimulée par l'instinct de survie, son activité cérébrale ne connaît aucun repos. Ses accès de somnambulisme sont fréquents. Ses proches y voient une fantaisie, mais sa fatigue ne connaît aucune trêve.

Inapte à suivre le rythme scolaire, elle est d'abord orientée en section d'enseignement spécialisé, les SES, ancêtres des SEGPA, avant de quitter définitivement la scolarité générale. Dans cette impossible rencontre, nul ne saurait dire qui de Sara ou de l'institution a montré ses limites. L'école laïque et républicaine ambitionne l'universalisme sans parvenir à y intégrer les plus démunis. Sara s'échoue sur les rives de cette défaite comme des cohortes de camarades orientés par contrainte. Faute de budget et elles-mêmes sujets de mépris, les voies de l'enseignement professionnel réduisent le plus souvent les individus à leur genre. Le bâtiment ou la restauration ont, à l'époque, valeur de bleu et de rose. Le choix n'est pas plus élaboré. Sara est orientée en CAP cuisine.

Le centre de formation est situé à Mercurey, petit village de la côte chalonnaise connu pour ses vins prestigieux. Dans cette région où la gastronomie est reine, la discipline élue pour Sara pourrait sonner comme la fin d'une errance. Mais ses rapports avec les formateurs se dégradent en quelques semaines. Elle sera, lors de son procès, décrite par une professeure comme « habile à amener les adultes là où elle le souhaite ». La qualifier de « manipulatrice » serait plus rapide, mais la périphrase est riche de sens. Évoquer les adultes la ramène à son rang d'enfant et suggère la perversion sous l'apparente innocence.

Sa formation est un désastre. Sara rate ses examens et n'achève pas son apprentissage. Elle quitte l'établissement à seize ans, sans diplôme.

Le marché de l'emploi l'attend.

Être un adolescent de province dans les années 1990, c'est s'employer à traquer l'air du temps, les nouveaux films, les groupes « à découvrir d'urgence » selon les journalistes des *Inrocks* ou de *Télérama*, et les vêtements vintage. Faire avec est un leitmotiv et l'union, une condition de survie. Les amis, les camarades, les potes, les autres en somme, sont nécessaires pour être invité aux soirées, y être emmené, financer la picole, trouver du shit ou du tabac. Grandir est une mise en commun à laquelle nous participons tous. Je fais passer mes VHS vierges à certains pour enregistrer les films de Canal+ ou des récentes chaînes 5 et 6 captées à l'ouest de Chalon, mais étrangement pas ailleurs. Le *ghetto blaster* à doubles cassettes offert par mon père tourne en continu à la maison : dans les copies d'albums, les originaux sont si loin que la musique en devient bruit. Quand l'un de nos groupes préférés passe en concert à Dijon ou à Lyon, l'organisation de l'aller-retour prend des semaines. Et les livres, quand ils ont été achetés, font le tour de tous les chevets.

Chacun se rappelle les plaintes des parents : la ligne téléphonique est saturée par les appels dès la sortie du lycée. Jusqu'à l'heure du dîner, ils sont impossibles à joindre. « Ça sonne occupé » et « Raccroche, j'attends un appel » résonnent dans tous les foyers. À côté des combinés, des blocs de papier coloré sont couverts des prénoms à rappeler. Ceux d'Anne et de Florence, d'Aurélie, Marion, Richard ou Nicolas s'inscriront là avant d'envahir mon agenda papier, puis numérique. Nous serons témoins de mariage des uns ou parrains des enfants des autres dans un désir constant de donner un titre à un lien né de l'expérience commune.

Fils et filles de cafetiers, de comptables, de profs ou de mécanos, nous vivons ensemble au-delà du présent pour partager rêves et folles ambitions. Celles-ci s'incarnent souvent ailleurs, à Lyon, Paris ou, pour certains, tombés amoureux lors d'un échange, en Angleterre. Nous les vivrons toutes, étrangement, comme si l'infinie liberté dont nous jouissions alors, portée par des parents bienveillants ou simplement dépassés, avait suffi à nous coller des ailes.

Ensemble, nous avons affiné nos désirs. Ce que nous sommes devenus a été forgé ici entre les deux cinémas de la ville, la scène nationale et les trois cafés du centre où, quelle que soit l'heure, un visage familier était attablé derrière une pression.

La vie, pourtant, nous semble infiniment plus riche ailleurs. Quand, auprès de mon ami Richard, je regrette nos lacunes créées par l'exiguïté des rues, les films impossibles à voir, les albums introuvables, celui-ci me rassure : la frustration vaut tous les trésors. Cet appétit-là nous construit et déplace la richesse dans notre œil. Nous resterons ces provinciaux éblouis par la diversité du monde.

Ce n'est pas une honte, c'est une chance.

Dans ces existences soumises à la brutalité de la précarité, la mort ne prend aucun détour. Elle fait plier les corps, sûre de son droit. Offert en proie un après-midi sur le bas-côté d'une départementale alors qu'il change une roue, une voiture heurte le père de Sara.

Le choc le tue.

Cet homme a violenté sa fille durant son enfance entière et transformé ses nuits en cauchemars. Il est celui qui, diront les experts psychiatres, a fait naître sa tendance au somnambulisme et l'a plongée dans un état de stress post-traumatique durable. Dans un monde idéal, Sara éclorait suite à ce drame, enfin libérée de son bourreau et disponible pour le bonheur. Dans les faits, il est, au contraire, un précipice. Cette mort se traduit par le musellement définitif de ses souffrances et le deuil fait basculer ses barrières psychiques. Sara a espéré la disparition de son père au point de s'en estimer responsable lors de sa survenue. La violence du père canalisait sa vie : elle est désormais libre, mais démunie. Elle peut maintenant dormir, mais n'a jamais appris.

Sara a dix-sept ans et personne pour l'initier aux possibles s'offrant à elle. Elle referme aussitôt la porte.

D'une même voix, ses proches en témoigneront : dans la trajectoire de Sara, cette disparition provoque la bascule.

À la cité du Stade, le foyer doit se réorganiser. La mère n'a jamais travaillé à l'extérieur et n'a aucune formation : la survie commune repose désormais sur l'aide sociale. Les aînés rapportent leur salaire modeste. Les deux plus jeunes, encore en bas âge, sont placés en famille d'accueil.

Au marché hebdomadaire, lieu de convivialité unique où les familles se retrouvent entre les plus grands étals de produits arabes de la région, certains s'inquiètent de voir traîner Sara avec des garçons « qui ne la valent pas ». Il faut entendre, à travers ces mots, de petites frappes locales. Des prénoms s'égrènent. D'autres préfèrent imaginer dans cette litanie l'épanouissement d'une jeune femme en devenir.

Car Sara est de plus en plus belle. Elle a perdu la gaucherie touchante de son enfance. Son allure, accessoirisée bon marché, est rayonnante et son sourire permanent. Ses apparitions, dans les rues de Chalon, entourée de ses deux sœurs, aussi blondes et lumineuses, marquent les mémoires.

À la manière de ce décor de placo effondré sur les élèves à la kermesse de l'école, l'aisance tient pourtant du carton-pâte. Derrière la flamboyance, il y a des nuits sans sommeil. Derrière le sourire aux dents parfaites, une dizaine de doses d'anxiolytique quotidienne.

De quoi abattre un cheval.

À dix-huit ans, je m'inscris à Paris en classe préparatoire. J'habite une chambre dans un foyer public du 16e arrondissement destiné aux bonnes élèves de province. Nous nous retrouvons cinq cents jeunes filles à partager le même profil. Les versions de latin, les cartographies du haut bocage normand ou la morale kantienne envahissent nos journées à la manière d'une mousse expansive. L'errance professionnelle et personnelle de mon père me donne accès à une bourse. J'en tire une profonde autonomie. Je reviens ponctuellement à Chalon, puis plus du tout.

Ma vie s'est déplacée là, dans l'enceinte du périphérique. Je découvre la joie de l'anonymat et la magie du métro où, sur le quai, je grille des clopes à dix francs le paquet en attendant ma rame.

L'homme de ma première vie vient d'une petite ville, située à l'opposé de l'Hexagone. Là-bas, dans la plaine de la Loire, entre la Bretagne et la Vendée, un château fait office de cœur historique et joue le rôle de la cathédrale de la place Saint-Vincent. Découvrir à ses côtés les rues où il s'est construit, c'est retrouver l'atmosphère des miennes.

Notre peau est lisse et nos cheveux, parfaitement bruns. Nous sommes infiniment jeunes.

Enfants de province, conçus à travers ses plaisirs et son ennui, comme d'autres sont unis par une religion, nous avons eu pour phares les ciné-clubs d'Antenne 2 ou de FR3, la bande FM et les bibliothèques municipales. Nos idoles s'appellent My Bloody Valentine, les Pixies, Leos Carax, Spike Lee ou Paul Auster. Ensemble, nous en détrônerons et en élirons d'autres.

Un enfant, beaucoup d'amour et autant de larmes plus tard, ce lien-là perd son sens. J'aime à penser que nous nous sommes réparés ensemble avant de nous retrouver libres d'autres départs.

De longues années, j'écris, rigole avec ma môme à mi-temps, me frotte à quelques peaux, échappe aux attaques d'un chat obèse en quête de croquettes et n'envisage plus rien d'autre pour enrichir ma vie. Ça me va. Le couple m'a toujours paru une anomalie ; la vie semble me donner raison.

J'abdique quand je le rencontre, lui.

Cette fois, nous ne partageons ni territoire, ni histoire, ni âge. Tout le reste nous unit. Cet homme-là est un authentique Parisien. De ceux dont la géographie affective compte le Flore, le Bon Marché ou la place Pereire en repères. De ceux qui ne connaissent ni le blanc limé de dix heures, ni la soupe à l'oignon sur le parking du Kalimba Club au lever du jour. Et ça n'a plus aucune importance. Chalon, ma ville d'origine, s'est enfouie dans une intimité pour cesser de me définir.

Il faut l'irruption d'un virus inconnu sur un marché chinois pour rompre l'équilibre.

Un lundi matin, les rues sont soudainement désertes. Ça s'appelle le confinement et le monde entier vit cette expérience où l'universel le dispute à l'infiniment singulier. Certains s'en enchantent quand d'autres s'en désolent. Moi, le silence m'abasourdit. Je consacre ma vie à l'écriture dans une solitude choisie. J'ai besoin du bruit extérieur pour couvrir celui qui couve en moi.

Sans lui, je deviens authentiquement folle.

L'angoisse monte au fil de ces promenades dans un Paris livré aux éléments et dont le calme s'interrompt pour une minute d'applaudissements à vingt heures. Je découvre chaque recoin des cinquante mètres carrés m'entourant. Le chat obèse, tétanisé par cette mutation brutale, emploie ses journées à chercher sous les meubles de nouvelles cachettes adaptées à son gabarit. Et mon mal-être y trouve sa meilleure incarnation. Je brandis, comme tout un chacun, mes propres armes en me réfugiant dans le travail et la lecture. Elles se révèlent insuffisantes.

Un matin, dans un métro vide, je traverse Paris, quand je suis victime d'une attaque de panique. Soudain, j'étouffe. Je quitte la station sans plus parvenir à respirer, retrouve l'air libre sur la place de la Concorde et finis le trajet en taxi, hébétée.

Pendant plusieurs mois, je suis incapable de redescendre dans le métro.

Lorsqu'une amie m'appelle depuis une rame, le simple son des rails me coupe le souffle.

J'arpente Paris à pied, je découvre les trajets de bus, je me ruine en taxis, j'arrive en retard à tous mes rendez-vous et je me décide à rappeler Elena.

Elena a été mon analyste pendant dix ans. Elle était de ces interlocutrices hautement valorisantes : ashkénaze d'une élégance folle, fumeuse de blondes à la voix grave et d'une grande vitalité intellectuelle. Son cabinet, en face de la tour Saint-Jacques, était un refuge.

Je l'ai aimée comme une alliée puis nous nous sommes séparées, comme souvent avec une thérapeute : en mauvais termes. Elle était convaincue que j'approchais du but ; j'étais, moi, fatiguée de chercher. Je n'ai jamais regretté ma décision, mais j'ignore toujours ce que j'étais censée trouver.

Quand je compose son numéro en urgence, il n'est plus attribué. Elena est morte.

Nos dix années d'échanges sont relues à l'aune de cette maladie dont, je l'apprends alors en fouillant la presse, elle était déjà atteinte. Ma mémoire revenait souvent au cœur de nos séances. L'hypermnésie dont je souffre est dite de type autobiographique. J'ignore la liste des maréchaux de France, peine à citer les bons arrêts de jurisprudence mais me rappelle chaque enfant de ma classe de maternelle. Les cases de ma mémoire n'ont rien à envier à celle d'une administration. Je peux ressortir prénoms, dates et faits à la demande et ignore le deuil – cette inaptitude à oublier mêlant les absents aux vivants dans mon approche du monde. Je ne fais aucune différence entre hier et aujourd'hui et je peine à imaginer demain. Tout mémoriser, c'est se montrer incapable de choix, mettre l'intégralité de son vécu à égalité de valeur et surtout, d'après Elena, refuser d'oublier.

Qu'y avait-il de si précieux à conserver pour mon inconscient, me demandait-elle au fil des séances ?

Allongée sur son divan, les yeux rivés aux moulures et noyée dans la fumée de ses cigarettes, j'ai fait le tour, dix ans durant, deux fois par semaine, de mes souvenirs si parfaitement classés.

Qu'allais-je faire sans elle, qui, précisément, archivait, telle une notaire de l'âme, le patrimoine de mes névroses ?

Il me fallait me raccrocher à une épaule solide. Il me fallait avoir une absolue confiance. J'avais une chance inconnue de Sara : dans mon milieu privilégié, la santé mentale ne s'improvise pas.

Alors, j'ai repris mon téléphone pour appeler Richard, mon ami de Chalon si précieux, désormais professeur de médecine et pédopsychiatre. Lui et moi ne nous étions pas parlé depuis dix ans et cela n'avait aucune importance. Il a répondu dans l'instant en me conseillant un confrère. Il sera parfait pour toi, m'a-t-il dit et j'ignore toujours ce que cela signifiait.

Cette fois, l'homme devant moi ne fume pas. Son nom respire la France ancienne et, de la fenêtre de son cabinet, les arbres du Luxembourg affleurent. De lui, je ne saurai pas davantage que je n'ai su d'Elena. Le principe est dans cette asymétrie, dit-on.

Après quelques séances à m'écouter raconter ma peur liquéfiante comme un généraliste scrute la toux d'un patient, il me propose le soutien de la chimie. Pour la première fois de ma vie, je l'accepte, faute de choix. L'angoisse a pris le dessus. Pour le dire simplement, c'est ça ou crever.

Deux semaines plus tard, je reprends le métro et, dans la foulée, repars à Chalon démêler le vrai du fantasmé.

Le conte des *Trois Petits Cochons* est publié pour la première fois à la fin du XIXe siècle, en pleine révolution industrielle. Il raconte le désir d'émancipation à travers le destin de trois frères porcelets. Les deux premiers, oisifs, élaborent des maisons de paille et de bois, impropres à les protéger du loup. Le troisième, plus valeureux, construit sa maison en briques et en ciment. Lui seul aura la vie sauve.

Selon Bruno Bettelheim, les trois frères illustrent les étapes successives du développement humain. Découvrir le conte, c'est comprendre la nécessité de formes primaires d'existence pour parvenir à la forme supérieure. Le loup est puni et la victoire de l'aîné intelligent est saluée. Il faut, dans une société désormais libérale et productiviste, être apte à penser sa survie et à organiser sa sécurité.

Mais à cet exercice nul n'est égal. De l'autre côté de l'Atlantique, un psychiatre américain établit le diagnostic de trouble de la personnalité *borderline*. Le terme est issu de l'expression « *borderland of insanity* », soit le territoire frontière de la santé mentale. Dans le milieu psychiatrique français, son étude se diffuse sous les termes de « personnalité limite » ou « état limite », porteur d'un imaginaire différent. L'idée d'une zone habitable entre sains d'esprits et malades mentaux disparaît au profit du précipice. En équilibre, les personnalités dites limites seraient admises parmi nous, mais susceptibles de basculer dans le vide au premier souffle de vent.

Ces destins-là tiennent au coup de bol.

Personnalités *borderline* ou état limite sont de la chair à fait divers. Elles caractérisent ces individus charmants à propos desquels amis et voisins témoignent un jour dans la presse, ahuris par leur soudaine chute vers la barbarie. Elles sont ces folies solubles dans la normalité, transformant l'individu en victime ou en menace.

La pathologie ressemble à une valise psychiatrique tant la diversité des profils susceptibles d'y entrer paraît infinie. Elle est pourtant définie par des symptômes la plaçant « à la limite » de la névrose et de la psychose. Instabilité relationnelle, hypersensibilité et narcisse en vrac en font les apparats.

Son développement se nourrit de prédispositions génétiques ou de douleurs tues faute d'être écoutables. Celles-ci se piochent dans la tribu des horreurs imposées par les sales coups du destin ou la monstruosité d'autrui.

Sara coche toutes les cases.

Cessant précocement sa croissance, Sara quitte l'adolescence avec un physique figé dans la juvénilité. Témoins de l'instruction, avocat et magistrats se souviennent d'une jeune fille de quatorze ou quinze ans. Elle est déjà majeure lors de leur rencontre.

Son mal-être explose, ses crises de somnambulisme avec.

L'aptitude à se défendre est un privilège de nantis. Sara, elle, fait comme elle peut.

Rendez-vous est pris avec un médecin généraliste au centre médical du quartier. Plus accoutumé à soigner des grippes et des gastros, il lui prescrit des benzodiazépines, soit des hypnotiques.

La question sera centrale pour la suite.

Appartenant à la catégorie des anxiolytiques, ils sont généralement appelés calmants ou tranquillisants. Leur synthèse, résultant d'un cycle benzénique fusionné à un cycle diazépine, est réalisée avant-guerre en Pologne par un chimiste travaillant sur les colorants. Contraint d'émigrer aux États-Unis pour fuir les persécutions nazies, il réexploite ses études dans le cadre d'une recherche sur les tranquillisants. Mais, faute de résultats, il s'apprête à les suspendre quand l'un de ses étudiants découvre une action inattendue de la synthèse : sa stimulation d'un messager chimique apaisant du cerveau, le GABA. Celle-ci provoque des effets sédatifs et myorelaxants. Son exploitation thérapeutique est lancée.

Dans les services psychiatriques, les benzodiazépines sont accueillies en miracle et mettent fin au règne des barbituriques. Ceux-ci, proches dans leur mode d'action, présentent une dangerosité liée à leur difficile dosage. La tolérance à leur égard augmente sans que le seuil létal varie : les accidents sont fatals. Commercialisés dans les années 1960 sous le nom de Valium, aussitôt best-sellers, les benzodiazépines actent un renouveau de la pharmacopée internationale.

Pourtant, très vite, comme si la thérapeutique psychiatrique fonctionnait en équilibre constamment précaire, les risques de cette nouvelle molécule sont à leur tour révélés. Des réactions paradoxales, c'est-à-dire contraires à la visée initiale, de dépendance et de syndrome de sevrage sont perçues.

Pour une patiente victime à la fois de somnambulisme et, plus encore, de trouble de la personnalité limite, ce choix est, sans suivi médical rigoureux, désastreux. L'effet des benzodiazépines ralentit l'activité cérébrale, mais pas les fonctions motrices. Ils induisent un sommeil léger, assomment la conscience sans endormir. Sara s'assoupit mais se réveille plus fatiguée encore. Elle commence à voler des ordonnances, les falsifie et, quand elle vient à manquer, se sert dans la pharmacie de sa mère.

Rien ne marche. Contre la dureté du monde, l'alcool, les drogues, les sexualités hard-core ou l'appétit pour la castagne servent de molletons aux inquiets. Sara, elle, se met à avoir des « mauvaises fréquentations », ces relations néfastes dont la nature évolue en fonction du milieu d'origine. Ses proches s'alertent de la voir traîner avec les voyous du coin, qui ont grandi à l'ombre des bâtiments de la cité et au casier déjà chahuté.

Strate par strate, tout s'effondre.

Un matin, Sara est retrouvée inanimée. L'évènement est évoqué comme sa première tentative de suicide. Mais le terme, sans doute, manque de justesse. Sara gobe les hypnotiques comme d'autres vident les bouteilles de vodka dans une quête éperdue d'anesthésie de la douleur.

Elle est hospitalisée dans l'établissement psychiatrique le plus proche. Ici, dans les cours d'école comme autour des machines à café, on rit lorsqu'on évoque le nom de cette commune : être envoyé à Sevrey, c'est être enfermé chez les fous.

Après trois confinements successifs, l'appartement où l'homme, l'adolescente, le chat et moi décidons de réinventer notre vie ensemble est un refuge. Situé au fond d'une ruelle tranquille, il donne sur le cimetière du Père-Lachaise et se développe sur trois petits étages bardés de fenêtres. Le chat évolue de l'un à l'autre dans une indolence parfaite, assurant l'harmonie des lieux.

Ces murs se méritent. Ils semblent sortis d'un magazine d'architecture contemporaine où l'industriel supplante l'haussmannien. Notre engouement pour cette ancienne usine de fabrication de peintures naît de notre sensibilité, mais aussi de notre condition culturelle. Nous sommes ces bobos moqués, prêts à s'endetter sur plusieurs décennies pour acquérir des pavillons ouvriers ou de vieux ateliers, convaincus d'un retour à l'authentique.

Pendant des mois, à la manière d'une gestation, nous assistons à son réagencement. L'architecte à la morphologie de mannequin scandinave réinvente l'espace au fil de plans en 3D. Elle nous les envoie régulièrement pour validation, bloquant nos messageries sous leur poids. Nous parlons nuances de blanc, essences de bois et natures de vernis. Les cloisons sont abattues. Les crépis sont décapés. Les moquettes sont arrachées.

Et, soudain, le béton apparaît à la manière dont jaillit le pétrole.

Sa pureté et la perfection de sa teinte sont une surprise. Les ouvriers s'emploient aussitôt à brosser les poutrelles. Ils épurent leur surface pour en faire ressortir les gravillons comme d'autres ravivent les bois précieux. Les cailloux enchâssés dans ce mélange miracle de ciment et d'adjuvants y brillent façon strass.

Au mitan du XIX^e siècle, un jardinier inventif désireux de fabriquer des caisses résistantes et peu coûteuses pour ses orangers, associe le métal au mortier. Le béton « s'arme », en tire sa puissance et se déploie dans le feu de la révolution industrielle.

Le XX^e siècle s'ouvre avec lui. Construire relève de l'exercice de domination. Les bâtiments, allégés à la mesure de leur soudaine robustesse, engagés à défier la taille humaine, s'étirent vers le ciel, bouleversant le rapport à l'espace. Résistant, étanche, économique, le béton est l'encre du nouveau monde.

La démesure soviétique, le modernisme sculptural de Marcel Breuer, les microsociétés de Le Corbusier et les courbes de Niemeyer s'écrivent dans ses pleins et ses déliés. Bien avant de garantir l'élégance d'appartements parisiens, ses arêtes brutes et ses lignes de fuite dessinent un vivre-ensemble idéalisé où l'homme s'épanouit dans la fréquentation des siens.

Les premiers habitants de ces cités pourraient être les arrière-arrière-petits-enfants de ce jardinier, inventeur du béton armé par souci de ses bacs à orangers. Comme ces arbustes, ils sont appelés à se hisser pour trouver la lumière, entre ville et campagne, et à boire une vie sociale uniformisée.

Dans les années 1960, ce béton si habile à soutenir le quotidien devient légitime à accueillir le spirituel. Blocs Est et Ouest s'affrontent, les églises se vident et la culture prétend devenir la nouvelle religion. Dieu s'accorde des vacances, mais André Malraux, lui, reste sur le pont.

Il faut initier les foules à la culture à la manière dont on évangélisait les masses. Le volontarisme politique parisien appelle à déployer l'art sur l'ensemble du territoire.

À Chalon, seul un petit théâtre à l'italienne fait office de scène et c'est une chance : dans l'arbitrage national, la ville y gagne une Maison de la culture.

Cette fois, le béton est coulé à la lisière du centre historique, à quelques mètres des quais. Cette maison-là fait symboliquement face à la cathédrale et s'élève en temple contemporain, brutaliste et massif.

Née de ce béton armé décidément malléable à tous les imaginaires, sa construction joue de l'alliance entre granulats, préfabriqués et béton planché, où la texture prend la forme du bois et garde l'empreinte de la main ouvrière le concevant.

Voilà un bâtiment s'imposant dans l'arrogance. Qui franchit son perron entre en culture comme d'autres font le signe de croix. Sa massivité, en plein centre-ville, lui octroie un rôle à l'égal de celui du tribunal, de l'hôtel de ville ou de la cathédrale. Emprunter son escalier monumental, parcourir ses espaces démesurés et expérimenter l'esthétique, c'est entrer dans la communauté.

Mes parents m'y traînent voir Zouk et les spectacles de Jérôme Savary. Mon frère et moi jouons en familiers des lieux entre les fauteuils à rabat comme nous le faisons sur les canapés Togo du salon. Il pratique l'escrime dans la salle des sports attenante et je consacre mes mercredis après-midi à la danse dans un cours privé proche.

Cinq kilomètres sont à parcourir depuis la cité du Stade et trois depuis les Charreaux. En théorie, ils forment une simple distance. Dans les faits, ils sont une frontière infranchissable.

Dans la trame tissée entre norme et différence, entre le sensé et le fou, certaines fibres s'entrelacent à d'autres, complexifiant les motifs.

Sara est là, sur le bord.

À l'hôpital psychiatrique de Sevrey où elle fait un court séjour avant d'y être plus régulièrement suivie, ses troubles de somnambulisme, sa dépression latente et sa consommation d'anxiolytiques sont observés. Les médecins voient de simples « cuites médicamenteuses », gueules de bois potentiellement fatales, là où sa famille perçoit des tentatives de suicide.

La « médecine de l'âme » trace les liens entre troubles comportementaux et fonctionnement du cerveau. Élaborée au début du XIXe, la discipline transforme le statut de la folie. Celle-ci cesse d'être une malédiction pour devenir un dysfonctionnement physique. Désormais, les aliénés, littéralement « étrangers à eux-mêmes », sont soignés au même titre que les porteurs de variole ou de diphtérie. Le malade n'est plus répréhensible : c'est à la société de l'accueillir dans sa différence.

La place du fou bascule et le droit s'en empare. Progressivement, dans la France née de la Révolution, un dispositif législatif se structure pour protéger les individus des dénommés « aliénés », tout en garantissant à ceux-ci des soins spécifiques. L'article 64 du Code pénal napoléonien de 1810, toujours en vigueur lors du procès de Sara, interdit la condamnation d'un citoyen devenu criminel par déraison. C'est la naissance du statut d'irresponsabilité pénale.

L'évolution est impopulaire. Malades mentaux et hors-la-loi sont les cailloux jetés sous les roues de l'ordre public. Leurs institutions, hôpitaux psychiatriques et prisons, s'érigent hors de la ville et leur subvention est réprouvée par les communs des mortels. Ceux-ci, contraints à financer le bien-être de perturbateurs, y voient une double peine. Le bien commun doit s'imposer malgré eux dans une fragmentation du territoire où fous et sains d'esprit se répondent.

Sara tente d'exister à sa lisière.

Au sortir de l'hôpital psychiatrique, elle reprend un traitement anxiolytique. Les ordonnances prescrites créent, semaine après semaine, d'autres combinaisons de benzodiazépines censées la conduire à la paix. Comme aux origines de la psychiatrie, les thérapeutes s'emploient à rendre Sara soluble dans la normalité. Assommée, sa conscience n'entrave plus son sommeil.

La méthode, pourtant, s'avère désastreuse. Elle crée la dépendance à un traitement aggravant les symptômes et fragilise son sujet. Désormais, la nuit, les mouvements moteurs de Sara sont dissociés d'une conscience éteinte et son somnambulisme se poursuit.

Qui faudrait-il blâmer ? Les errances de la pharmacopée psychiatrique ? Les défauts de budget d'un secteur mal aimé ? Ou la fragilité d'un milieu social où l'insuffisance de mots rend la douleur inexprimable ?

En se débattant, Sara s'enlise.

Le repos est devenu inaccessible. Polie et lissée par l'épuisement, elle est censée retrouver le monde de la norme et se met en quête d'une place à s'y faire entre atonie et soubresauts.

Mais, en réalité, rien ne va. Sara développe des accès de violence impossibles à endiguer, car vécus hors de toute conscience.

À la manière d'un thriller, la menace naît dans les angles morts du quotidien. Ça commence par un poisson rouge, retrouvé mort un matin, asphyxié sur la paillasse de l'évier. Et puis les voisins s'étonnent de découvrir ce cadavre de chat dans les plates-bandes de la cité. L'animal serait tombé par la fenêtre de l'appartement familial en pleine nuit.

Sara, elle, ne se rappelle rien.

C'est facile de fabriquer des monstres, il suffit de cultiver la souffrance.

Mon père entame désormais le grand âge seul dans un HLM de Dieppe, non loin de la mer, mais qui donne sur une zone commerciale dont, la nuit, il aime contempler l'enseigne lumineuse. Il trouve la proximité du supermarché commode et apprécie la vue sur les arbres du parking. Lui parle de verdure. Dans des journées offertes au calme et à l'apaisement, il alterne, via l'écran de son ordinateur, les séances de méditation et les cours en tout genre. Plus personne ne heurte son corps quand il l'étale au sol au milieu du salon pour, dans un exercice méditatif, partir dans un ailleurs connu de lui seul.

Pour le voir, il faut rejoindre Rouen, traverser la Normandie en TER et être prêt à dormir dans un cagibi étouffant de relents d'huiles essentielles : il n'a jamais aménagé d'endroit pour recevoir.

Certains déduisent de cette solitude choisie qu'il n'a pas « refait sa vie » depuis le départ de ma mère, et je m'étonne qu'il faille « la faire ». Lui se contente de la poursuivre.

Deux AVC successifs ont limité ses mouvements et son vocabulaire s'est réduit. Certains mots deviennent valises, susceptibles d'en porter mille autres. « Individu » peut désigner le facteur, l'infirmière ou mon frère. L'échange demande davantage d'exigence.

Profondément bienveillant, mon père se fragilise. Il est heurté par la violence d'un entourage trop impatient pour prendre le temps de ses silences ou chercher l'identité de « l'individu » évoqué. L'agacement de l'employé de la poste ou de la boulangère le meurtrit. Comme un enfant, il perd sa puissance à mesure de l'étiolement de son langage.

Depuis la fenêtre de sa cuisine, il peut apercevoir la voiture achetée quelques mois avant son premier accident cérébral. Le permis lui a été retiré dans la foulée et l'immobilité du petit véhicule témoigne de la fin d'une époque. Mon père a conduit des années durant pour rejoindre des stages de méditation de Copenhague à Dublin. Son rapport aux autres se partageait entre le très matériel et le profondément spirituel. Désormais, il se contente du second.

Chez lui, les étagères ploient sous le poids de livres consacrés à la grammaire anglaise, au yoga ou à la diététique. Obsessionnel, il s'emploie à lire l'intégralité des œuvres d'un auteur quand il est sensible à son univers.

Dans des gestes désormais mesurés, il cuisine avec des épices indiennes, se soigne à la résonance des pierres et adapte à sa façon les traitements d'allopathie déposés chaque matin par les infirmières. Son univers, réduit par les farces de la vieillesse, reste à sa singulière image. Et, dans les ramifications surprenantes de son cerveau d'ingénieur, sa mémoire reste intacte et brûle d'être stimulée.

Mes allées et venues à Chalon en sont l'occasion. Par l'entremise du smartphone offert pour ses quatre-vingts ans, je lui envoie les menus des restaurants qui furent ses préférés, les photos des lieux en version contemporaine, et chaque soir lui livre un compte-rendu de mes journées. Mes recherches avancent avec lui. « L'individu » dont il me demande des nouvelles peut être une avocate, un psychiatre ou un habitant de la cité du Stade.

Lui ne connaît pas le jugement. Sa vie durant, il a tenté de répondre aux interrogations sans cesse renouvelées par le monde l'entourant. Cela lui suffit. En rangeant les piles de livres obstruant l'appartement, je découvre des cahiers noircis par ses réflexions autour des langues, de la grammaire et de la musique. L'obsession à décrypter les mécaniques s'est déplacée au fil de son existence des réacteurs nucléaires aux modes d'expression artistique ou linguistique.

Il suit ma quête en spectateur, sans intervenir ni m'interroger sur ses raisons, jaugeant simplement la logique de mes tâtonnements à l'aune des siens. Mes évocations de Chalon le renvoient à une époque où il s'est essayé au costume des conventions. Au fil de mes coups de téléphone et de mes visites, rendues mensuelles puis hebdomadaires par sa brusque fragilité, il retrouve la chaleur de l'étoffe et l'élégance de la tenue. Il fut un temps où mon père était marié, père de deux enfants, ingénieur la semaine et rugbyman le dimanche.

Il fut un temps où mon père a tenté de marcher là où la rumeur du monde lui indiquait d'aller.

Sara approche la majorité. Dans sa famille, la structure évolue. Inès, sa sœur cadette, a quitté l'appartement de la cité du Stade juste avant la mort du père pour se marier à seize ans. Divorcée dans la foulée, elle revient quelques mois plus tard. Le quatre-pièces se transforme progressivement en lieu de passage pour les uns et les autres. Les trois aînés ont l'âge de travailler, mais trois enfants encore petits suivent. Leur mère aimante et dépassée survit d'allocations familiales et apaise ses angoisses à coups d'anxiolytiques dans lesquels Sara puise en surdose des siens. Les quantités quotidiennes deviennent hors norme.

Le somnambulisme s'aggrave.

Un soir, l'une de ses sœurs est réveillée en sursaut. Sara longe la corniche, passant d'une chambre à l'autre dans un état hypnotique. L'évènement marque durablement.

Sara est fragile, psychiquement perturbée et régulièrement hospitalisée, mais elle a été considérée comme apte à vivre parmi les autres : elle doit ramener un salaire.

Vendre, servir, laver. Les fonctions s'offrant à elle sont universelles. Elles sont celles d'une masse anonyme répandue à travers le monde.

Abrutie par la chimie, incapable de comprendre les tâches attendues, elle s'essaie à plusieurs postes avant d'être embauchée comme serveuse dans une société de restauration collective. Elle est chargée d'assurer la distribution des plats et le ménage. Un poste fixe lui est attribué dans une maison de retraite du centre-ville.

Sara exerce au sein de cette petite résidence une fonction clairement définie par les termes de son contrat et par la réalité de ses tâches. Pourtant, lors de l'exposition des faits et de leur instruction judiciaire, les témoignages lui en attribueront d'autres, piochées au hasard de l'inspiration. Elle sera dite tour à tour agent d'entretien ou femme de chambre, garde-malade ou aide-soignante, comme si peu importait. Sara appartient aux invisibles, voilà tout.

À elle d'exister dans la masse.

Pour rejoindre la maison de retraite depuis la cité du Stade, il suffit de descendre du nord vers le sud par le bus longeant l'avenue de Paris. Le bâtiment a été aménagé autour d'un réfectoire où les résidents en mesure de se déplacer se retrouvent à l'heure des repas.

La tragédie se noue là.

Ses racines portent l'odeur de la friture, prennent la forme des chaises thermo-moulées et l'aspect du formica. Elles ont le bruit des couverts et des plateaux s'entrechoquant pour bande-son.

Elles tiennent à une rencontre à l'heure où l'on nettoie les tables.

Le bâtiment est resté là, inébranlable.

Situé au fond d'une impasse, derrière le palais de justice, à la frontière du centre-ville historique, il donne sur un cimetière. Les murs datent du début des années 1980. De construction solide, ils ont la fonctionnalité comme seule vertu. Pour le charme, on repassera. La rouille a attaqué les garde-corps, les intempéries et le temps se sont chargés des façades.

Cette maison de retraite appartient désormais à la catégorie des EHPAD. Passé dans le langage commun, sujet de scandale et moteur de mauvaise conscience, l'acronyme vaut pour établissement hospitalier pour personnes âgées dépendantes. Une soixantaine de chambres sont disponibles pour ceux dont la déliquescence physique a atrophié l'autonomie. Ils viennent reprendre des forces ou achever de les perdre.

Depuis le bref passage de Sara, le centre a été racheté et rebaptisé. Son nouveau nom évoque la rivière locale, conférant aux lieux un semblant d'imaginaire bucolique. Pourtant, rien ne semble y avoir changé. Une impasse, un cimetière et des vieillards.

En les découvrant, un matin, les perspectives qui ont été ici offertes à une jeune femme tout juste majeure m'apparaîssent d'une infinie cruauté.

Un mouroir, dit-on.

Les évènements s'y sont noués dans une mémoire éphémère : le cycle de vie condamne les résidents à court terme et leur encadrement s'inscrit, lui, dans le mouvement. Ici, personne ne reste ni ne « fait carrière ». Les mots « passion » ou « vocation » sont étrangers au champ lexical : personne ne pousse la malhonnêteté jusqu'à s'en prévaloir. On vient, faute de mieux, avant de trouver ailleurs des horaires plus confortables ou un salaire moins modeste.

Le fait divers né entre ces murs fera plusieurs jours de suite la une du journal local. Le procès en découlant sera, deux ans plus tard, cantonné à un entrefilet. La justice et les mots échouent parfois à cautériser l'ignoble.

La destruction de la cité du Stade a été programmée à son tour. Elle est de celles planifiées sur plusieurs mandats municipaux tant le travail est colossal.

Le bruit s'y éteint peu à peu. La cité se vide lentement de ses locataires. D'autres murs, dans le centre-ville, dans d'autres quartiers populaires ou à Champforgeuil, la commune frontalière, les attendent. La réticence des derniers fléchit devant la dégradation progressive des lieux. Au fil de leurs visites, les travailleurs sociaux tentent de faire émerger pour eux les formes d'un avenir. Dociles, femmes et hommes voient leur existence portée par les pointillés de formulaires. Le choix en réalité n'existe pas : il faudra partir.

Alors, comme aux PLR des Charreaux dans les années 1990, les rénovations cessent. Le chauffage collectif s'arrête parfois en plein hiver, le moisi envahit les salles de bains et les extérieurs ne sont plus entretenus. À quoi bon, puisque tout sera bientôt réduit en poussière ?

Départ après départ, les parpaings apparaissent, occultant les ouvertures et pérennisant l'abandon. Le quartier meurt dans un chuchotement progressif, bousculé le jeudi à l'aube, quand les étals du marché envahissent le parvis et, la nuit, lorsque les rodéos fracturent le silence.

Ces allées vides deviennent, pour un temps, le paradis du n'importe quoi.

Et le temps s'étire.

Ces murs de béton bardés d'amiante, conçus pour être indestructibles et aujourd'hui décatis, racontent un idéal du passé.

Au pied de la cité, un cabinet infirmier subsiste. Les derniers habitants se succèdent dans la salle d'attente, entre cannes anglaises et pas lents. Les corps malmenés par le travail et l'oubli de soi sont allongés avec peine sur le divan de consultation à horaires millimétrés. Parmi les infirmiers, Vanessa, une amie de lycée, met délicatement les corps à nu pour piquer, soigner et observer l'évolution des plaies.

Dans des cadences insensées pour le non-initié, la voiture, abri précieux, se transforme lors de ses tournées en petit laboratoire médical. Seringues, poches et pansements remplissent le coffre. Appartements désinvestis et pavillons modestes se succèdent. Parfois dernier relais avec l'extérieur, Vanessa est accueillie en membre de la famille au son d'aboiements et de génériques de jeux télévisés. Les vêtements tombent à son arrivée. En sa présence, l'intimité n'a pas lieu d'être.

Mais, un matin où je l'accompagne, entre dosages de diabète, piqûres d'insuline et plaies à penser, je vois Vanessa brutalement s'arrêter.

Il est bientôt midi et Vanessa court depuis six heures. Elle me l'a dit, elle n'aura pas le temps de déjeuner avec moi, elle doit retourner voir ses patients du matin. Et pourtant, dans un de ces pavillons en face de la cité du Stade, où l'épargne a permis à certains l'accès à la propriété, le temps s'arrête. Un homme âgé est assis devant nous. Il n'est ni grabataire ni sénile, mais l'envie semble l'avoir déserté. Il vit seul depuis la mort de sa femme. Aux murs, aucune photo d'enfants.

Vanessa prépare sa prescription quand, les yeux vissés à la table en formica, l'homme se met à parler. Sans préambule, il évoque son parcours de contremaître dans une usine maintenant disparue. Il cite le nom de collègues évaporés et de lieux renommés depuis longtemps. J'attends, suspendue, un signe de Vanessa pour reprendre notre cavalcade. Mais rien ne vient. Sur la table, elle a posé trois comprimés dans un bol. Elle reste statique, droite face à lui. Et je comprends subitement : elle écoute. Dans son marathon de soins, elle prend le temps de cette histoire et attend un accord pour partir. Il est signifié par un retour au silence. Elle reviendra ce soir. Puis demain matin à nouveau. Et j'en reste bouleversée.

Cinq cents kilomètres à l'ouest, en bordure de la Manche, mon père, cloîtré entre ses murs couverts de papier aluminium pour éviter les ondes, vit sa solitude à l'identique. Chaque matin, à l'aube, une autre Vanessa – je la souhaite aussi bienveillante et douce – garantit son lien aux autres. Elle est la première à accueillir ses mots tourmentés. Parfois, quand mon frère, ma mère ou moi oublions l'appel rituel du soir, c'est même la seule.

Certains souffrent et certains soignent, l'harmonie d'une communauté repose sur cette alliance.

Je suis cette fille qui fuit aux premières notes de la Macarena, faute de parvenir à la danser. J'ai beau refaire les mouvements quinze fois en regardant les couples s'aligner dans les mariages à la manière d'un rang d'honneur militaire, je fais des quarts de tour quand il faudrait croiser les bras.

Je suis cette fille aux quatre-vingts heures de conduite, trois échecs au permis et aux deux ans de conduite accompagnée, incapable de se mettre devant un volant sans anxiété.

Je suis cette fille qui ferme la bouche quand elle sourit pour cacher ses dents en vrac.

Je suis cette fille qui dit « pardon » quand elle se prend la porte.

Quand mon mariage s'est écroulé, je me suis désolée de devoir faire appel à toutes les bonnes volontés m'entourant pour affronter ce premier degré terrifiant. Mon père, alerté et à l'époque encore vaillant, est sorti de sa tanière normande. Il a traversé l'Ouest pour me rejoindre à Paris dans mon nouvel appartement et pour m'inviter à ne pas m'inquiéter. Selon lui, l'autonomie se résumait à une seule aptitude : pouvoir accrocher un tableau à un mur. Il me l'a appris. L'affaire procédait de quatre étapes : planter un clou, percer, introduire la cheville, visser.

Pour le reste, ce que je ne savais pas faire, d'autres le savaient. Lui a appelé ça « faire société » : les fragilités des uns imposent le recours aux autres.

La communauté repose sur les forces et les faiblesses dans leur inégale répartition et la capacité de chacun à s'en emparer.

Après tout, d'autres sauront toujours danser la Macarena à ma place.

Quand elle rencontre Sara, en septembre 1991, Yvonne va fêter ses quatre-vingt-cinq ans. D'une vigueur surprenante pour son âge, elle gère une boutique d'antiquités au pied de la cathédrale.

Les commerçants comme les habitants du quartier connaissent bien cette silhouette « impeccablement mise », constamment vêtue de rose et d'un très beau manteau de fourrure l'hiver. Elle se tient chaque jour derrière la vitrine où sont exposés des meubles bressans et continue à vivre dans l'appartement situé à l'étage. L'évocation de son souvenir comprend toujours sa mise en plis, qualifiée de parfaite. Celle-ci achève le dessin de son profil derrière la devanture. La figure appartient au folklore de la place Saint-Vincent. Elle forme un repère en ces lieux historiques alors en cours de rénovation.

La vie d'Yvonne s'est déroulée sur ces terres. Née dans le nord de la région, à Auxerre, elle s'est installée à Chalon avec son mari. Durant la guerre, celui-ci, pilote de ligne, a gagné les rangs de la Résistance. Ensemble, ils n'ont pas eu d'enfants et, à sa mort, elle a poursuivi une routine immuable, une vie sociale riche, égayée par ses neveux et nièces, son voisinage et sa clientèle.

Cette femme n'apprécie pas la compagnie des gens de son âge, dira-t-on. Sans doute se sentant en décalage en raison d'une énergie hors norme, elle préfère se mêler à la jeunesse, reçoit ses proches pour leur cuisiner des festins et est connue comme une habituée des restaurants locaux.

Une opération bénigne fait gripper l'engrenage.

Des problèmes thyroïdiens contraignent Yvonne à un acte chirurgical. Celui-ci est sans gravité, mais physiquement éprouvant. Son médecin lui prescrit quelques jours de repos. Elle pourra dormir et récupérer sans se préoccuper du reste. Yvonne est envoyée en convalescence dans la petite maison de retraite qui fait face au cimetière. L'établissement est situé à quelques minutes à pied de chez elle. Une amie, boulangère du quartier Saint-Vincent, vient l'y chercher chaque début d'après-midi et la raccompagne le soir venu. Ainsi peut-elle maintenir son commerce ouvert. Car, après la prospérité des années 1950 et 1960 où, confrontées à l'arrivée du formica, les maisons s'étaient vidées à bas prix de leurs meubles anciens, Yvonne peine à trouver les bonnes affaires. Son stock, moins attrayant, se réduit, mais faute de retraite, fermer est impensable.

Auprès de son amie, Yvonne évoque Sara, la jeune femme employée au service, toujours si habilement apprêtée. Celle-ci a de l'allure, elle est sympathique et souriante. Elles échangent ensemble quelques mots et, rapidement, nouent les liens d'une complicité de circonstance.

Au fil des déjeuners, elles parlent chiffons comme on dit communément pour définir ces bavardages autour des tenues et des coiffures. Les deux femmes partagent ce goût pour la coquetterie, et cette apparente futilité infuse de la poésie dans l'austérité du quotidien. Et puis la découverte d'une coïncidence achève de les souder : elles partagent leur date d'anniversaire. Sara fêtera dans trois mois ses vingt ans, soixante-cinq après ceux d'Yvonne. Le passé regarde le futur. Dans ces journées si pauvres en surprises, cela ressemble à un signe du destin.

L'heure du repas devient un moment précieux pour cette femme ancrée dans la notabilité locale ne cédant aucun pas à la vieillesse et cette autre en devenir. Elles sympathisent au-delà du gouffre censé les séparer.

Remise de son opération, Yvonne est apte à rentrer chez elle, mais l'épreuve l'a fragilisée. Elle craint désormais de dormir seule. La nuit, l'appartement lui semble trop grand. Pourquoi ne pas, alors, profiter de cette seconde chambre inutilisée pour y loger Sara ?

Contre quelques billets, la jeune femme accepte de troquer ses nuits.

L'accord va durer trois jours.

Le mot « désastre » signifie étymologiquement « mauvaise étoile. »

Dans cette affaire, il est le seul à faire sens.

L'arrangement entre Sara et Yvonne relève du hasard. C'est une « mauvaise rencontre », selon l'expression consacrée. Comme dans la majorité des faits divers, la trajectoire du fauteur de troubles est la seule à résonner dans l'enchaînement des évènements. La victime, elle, est pillée de son humanité. Peu importe d'où elle vient et qui elle est : le temps du drame, en déferlant sur elle, la violence la réduit au rang d'objet.

Depuis l'opération, Yvonne, à l'instar des tout jeunes enfants, évoque des angoisses au déclin du jour. Au même âge, deux cents kilomètres au sud de l'appartement d'Yvonne, ma grand-mère dort depuis son veuvage avec une clarine posée sur sa table de nuit pour l'agiter en cas d'intrusion.

« Personnes âgées », « papis et mamies », « anciens », « seniors » ou simplement « vieux », le vocabulaire désignant les corps rendus défaillants par l'âge est éclectique. Portée par le respect ou le mépris, sa diversité suffit à révéler le malaise. De tous les âges de la vie, bébé, enfant, adolescent, adulte, celui-ci est le seul à ne pas générer de statut. Alors, quand commence la vieillesse ? Quand s'éloigne-t-on définitivement de la masse normée pour revenir à celle des fragiles, à la manière d'un nourrisson ? Dans *Œdipe-roi*, la devinette du Sphinx définit l'humain comme un être marchant à quatre jambes le matin, à deux à midi puis à trois le soir. Il situe le vieillard entre deux rangs : adulte par la raison et l'expérience, il redevient enfant par la fatigue du corps.

Le premier soir, Sara se présente à l'heure chez Yvonne et passe la nuit dans la chambre réservée aux visiteurs. Dès le lendemain matin, après son départ, Yvonne découvre la disparition de quelques objets de valeur dans son appartement. Elle s'ouvre de ses doutes à son amie boulangère, s'inquiète d'avoir accordé sa confiance si facilement et souhaite avoir une explication. Seulement, le soir venu, Yvonne attend Sara en vain. Lasse de son retard, reportant la mise au point, elle se couche seule. Sara la trouve déjà endormie quand elle arrive avec plusieurs heures de retard.

Le lendemain matin, avant le départ de Sara pour la maison de retraite, le curé de la cathédrale entend des éclats de voix. Le cloître est mitoyen du petit immeuble où réside Yvonne. Celle-ci, furieuse, invite la jeune femme à prendre la porte si elle n'est pas contente.

Longtemps, la famille de Sara se réfugiera dans le déni en incriminant d'autres mains. Celle-ci n'a pu agir seule, ne cesseront-ils de répéter à leurs proches, clamant sa gentillesse, oubliant pour un temps les animaux morts, poissons et chats, retrouvés chez eux. Ils évoqueront ces garçons fréquentés dans les rues de la cité du Stade, cet amoureux aux allures de petite frappe. Mais rien dans l'instruction ne laissera jamais envisager la moindre présence étrangère entre ces murs.

Dans ce vieil appartement de la place Saint-Vincent, les deux femmes sont seules. L'une affaiblie par le temps, l'autre atomisée par les médicaments.

La troisième nuit commence. Elle ne se terminera jamais.

Me revient le visage de Sara et son désarroi placide.

Enfant, elle habitait un premier degré absolu. Elle n'avait jamais aucun coup d'avance et disait « aïe ! » quand elle avait mal.

L'image qu'elle laisse dans les archives de la Justice est celle d'une manipulatrice. Le qualificatif revient dans les dépositions écrites comme dans les témoignages à la barre du tribunal.

L'expert psychiatre à qui je fais part de cette ambivalence me répond par une question : « Qu'aurait-elle pu faire d'autre vu ce qu'on avait fait d'elle ? »

Le récit de cette troisième nuit est un voyage en barbarie.

« Déferlement de haine », « violence aveugle » ou « sauvagerie » sonnent comme autant de tentatives lexicales. Elles s'emploient vainement à figurer ces failles du réel où le mal, soudain, s'engouffre. Comment rendre compte de ces instants où, précisément, la civilisation s'éclipse ?

Il faut, pour retracer les faits, renoncer à y chercher la cohérence.

Ça commence dans le désordre.

Sara a les clés de l'appartement. Elle rejoint vers vingt-trois heures, dans un retard répété, Yvonne déjà endormie depuis plusieurs heures sans doute. Elle se couche pour la troisième et dernière fois dans la chambre préparée pour elle et plonge, dit-elle, aussitôt dans le sommeil.

À minuit, Sara prétend avoir été réveillée par des hurlements. L'injonction « tue-la, tue-la » résonne avec une puissance inédite dans son crâne, la contraignant à obéir.

La suite relève du tangible, validée par les expertises, et n'est pas soumise à interprétation.

Sara gagne la cuisine et fouille les tiroirs pour y saisir deux couteaux : l'un à gibier, l'autre à huîtres.

Depuis son lit, Yvonne est réveillée par le bruit. Inquiète, elle se lève. Sara entre. Elle lui assène trente-huit coups de couteau avant de l'égorger.

À l'autopsie, un acharnement particulier ainsi que des morsures seront constatés sur les parties génitales de la victime. Le légiste déclarera impossible de déterminer si ces atteintes sont antérieures ou postérieures à la mort. Un simulacre de viol sera évoqué au procès pour tenter de leur donner sens. La question reste, à ce jour, posée.

Le cadavre d'Yvonne gît désormais sur le sol de la chambre.

Sara enfouit quelques objets de valeur dans un sac avant de s'emparer de deux bidons. Les articles et témoignages n'indiquent pas où elle les trouve. Elle quitte l'appartement à une heure du matin, traverse la place Saint-Vincent, puis le centre-ville, pour rejoindre le quartier de la gare.

Aucun témoin ne prend le relais du récit avant son arrivée, un quart d'heure plus tard, à une station-service. Elle s'y arrête pour faire remplir les bidons d'essence par le pompiste. Un chauffeur de taxi achève le plein de son véhicule avant de rentrer chez lui. Sara lui demande de l'attendre pour la raccompagner. Ces deux bidons sont destinés, prétend-elle, à la voiture d'une amie embauchant tôt le lendemain. Le chauffeur refuse dans un premier temps avant de céder devant son insistance.

Il la ramène devant la boutique d'antiquités.

De ce périple incohérent, le pompiste et le chauffeur sont les seuls témoins. Lors du procès, ce dernier évoquera une jeune femme à l'allure impassible.

Sara remonte les bidons au premier étage. Elle renverse l'essence sur les fauteuils du salon, gratte une allumette et l'y jette. Le feu prend.

Dans un sursaut de conscience ou, au contraire, toujours à sa mise en scène, elle rejoint le corps d'Yvonne gisant sur le plancher de sa chambre et entreprend de la réveiller, évidemment en vain, puis cherche à l'évacuer en la tirant par les bras. Le cadavre est trop lourd et les flammes se propagent. Elle abandonne et s'enfuit.

Elle dira au procès avoir voulu sauver Yvonne de l'incendie.

Il est environ trois heures du matin quand Sara est de retour à la cité du Stade. Dans l'appartement familial, tout le monde dort.

Elle se couche.

Chez Yvonne, le feu s'éteint de lui-même après avoir carbonisé le salon, la cuisine et brisé les vitres de la fenêtre.

À l'aube, les employées d'une poissonnerie voisine rejoignent leur entrepôt, situé plus bas dans la rue. Les éclats de verre projetés sur le trottoir les interpellent. En levant les yeux, ils découvrent le rideau brûlé coincé dans le linteau.

Ils alertent la police.

Trente ans plus tard, les pénalistes locaux se rappellent cette tragédie avec une précision intacte. Dans la région, la violence et le malheur se déchaînent comme partout. Ils se déguisent en coups et blessures, en suicide, en petite criminalité, mais prennent rarement la forme du meurtre barbare.

Quelques rencontres au hasard des cabinets chalonnais me suffisent à identifier l'avocat de Sara. Maître L. était jeune et connu pour son verbe au moment du drame. Désormais, il a perdu son emphase.

Comme mon père, maître L. a été victime de farces cérébrales. Sa vie a basculé sur une calamité : l'obstruction d'un vaisseau sanguin lui a fait perdre sa motricité. À soixante-dix ans, après avoir consacré son existence à son métier et déterminé à le poursuivre le plus longtemps possible, il s'est trouvé brutalement contraint à la retraite. Il séjourne désormais en résidence médicalisée.

Maître L. n'est plus joignable directement. Je contacte sa femme au mois de juin pour solliciter une rencontre. Quand je la rappelle, un mois plus tard, de retour de vacances, pour savoir si son époux en a accepté le principe, elle me le confirme. Et elle me donne un créneau précis, dès le lendemain en début d'après-midi, pour le trouver au meilleur de sa forme. Je suis rentrée la veille de Californie, confonds le jour et la nuit, mais n'ose pas refuser.

L'été est caniculaire et le premier TER du matin à Bercy a désormais des allures de routine.

Durant ces allers-retours à Chalon, mon rapport compliqué à la voiture me coûte un temps fou. J'évalue mes déplacements à pied et j'explore la carte des transports. Au fil de mes différentes visites, je découvre les bus locaux et les trains menant aux villages alentour.

La vie est un cycle et l'établissement où réside désormais maître L. fait face à la maternité où Sara, Rachida Dati et moi-même sommes nées.

Pour la rejoindre, je dois quitter le centre depuis la gare pour rejoindre les rives de la Saône, longer la nationale pour remonter les rues de Saint-Rémy, des graviers plein mes sandales à talons inappropriées. Je me retrouve suante et accablée par la chaleur, dans des rues que seuls des retraités ou des enfants parcourent à pied.

Rencontrer cet homme dans sa chambre médicalisée, c'est affronter l'injustice dont les corps ont le secret : atrophiées, ses aptitudes physiques fonctionnent en décalage de son esprit vif et joyeux. Il est incapable de se lever seul, mais se rappelle les détails de ses moindres affaires. Les mots sont sa dernière arme.

Le dialogue est simple. Sa femme m'avait prévenue, il serait heureux de parler de son travail. C'est le cas. Pourtant le dossier de Sara n'est pas, à ses yeux, le plus riche de sa carrière. Sur son fauteuil automatisé, maître L. reste homme de droit. Il n'était pas coutumier des assises et, des rares affaires l'y ayant mené, il préfèrerait me parler de celle attribuée à son cabinet quelques années plus tard : le braquage d'une bijouterie du centre-ville. Cette fois, avocat de la partie civile, il s'était mobilisé pour faire punir les crapules. La vigueur de sa charge, une démonstration implacable de leur culpabilité, avait été soulignée dans la presse locale.

Sara, elle, est pour lui une rencontre ratée. Le parcours de la jeune femme était hasardeux et le meurtre, sauvage. Comment et de quoi la sauver ? Sara était sa propre ennemie. Face à un jury d'assises, un cas désespéré.

Trente ans plus tard, maître L. évoque le souvenir de sa jeune cliente avec précaution. La complexité du cas l'encombre. Élevé à la campagne, éduqué au petit séminaire, il a construit son regard sur une morale profonde où le bien s'oppose au mal et où le vivant est sacré. Sara, mortifiée dès l'enfance, manipulatrice peut-être, charmeuse avec certitude, reste à la porte de son univers. La bienveillance ne quitte toutefois pas maître L. quand il décrit ses rencontres avec Sara et la placidité de celle-ci à relater les faits sans chercher à les esquiver. Mais, encore à ce jour, cette jeune femme reste pour lui une énigme.

Derrière nous, par l'entrebâillement de la porte, le bruissement des aides-soignantes s'intensifie. L'heure du goûter approche. Les résidents sont conduits les uns après les autres à la salle commune. L'une des encadrantes m'invite à conclure.

Je rassemble mes affaires, pressée par le mouvement de la collectivité. Et, promettant de revenir, je demande à maître L. quelle image il garde du dossier. Il n'a pas à réfléchir pour me répondre : « Celle d'une victime. »

Je pense à Sara ; lui pas. Sa victime n'a rien de symbolique. Elle n'est pas une enfant frappée et abandonnée par les institutions. C'est une femme à moitié dénudée, au corps perclus de trente-huit coups de couteau, étendue à terre, échevelée.

Les photos de l'identité judiciaire ont hanté longtemps ses nuits.

En 1933, l'affaire des sœurs Papin, du nom de ces deux domestiques du Mans meurtrières de leurs patronnes dans un déferlement de violence, abasourdit la France. Les faits sont disséqués et, au fil du siècle, accaparés par les écoles de pensée pour les faire entrer dans la mythologie contemporaine. Le crime devient tour à tour révolte antibourgeoise, geste paranoïaque, délire incestueux ou drame onirique. Il est repris et adapté. Les différentes interprétations du drame sont autant de sources d'inspiration intellectuelle et artistique. Quinze ans plus tard a lieu la première représentation des *Bonnes* de Jean Genet. Au fil d'une cérémonie, deux sœurs domestiques y mettent en scène la mort symbolique de leurs maîtresses.

Entre Yvonne et Sara, on retrouve ce fossé social et culturel. La première est profondément enracinée. Son histoire personnelle s'est ancrée dans la région et, dans son magasin d'antiquités, elle a consacré sa vie à mettre en valeur les traditions locales. Une armoire bressane y est regardée en vase Ming.

La seconde vient d'une lignée à la mémoire cassée par le départ de l'Algérie vers la France. Sara porte un nom à l'exotisme encombrant. Comme les sœurs meurtrières, le soir des faits, elle vole des objets imaginés précieux mais dépourvus de valeur avant d'accabler le corps de sa patronne d'atteintes à la brutalité proprement insensée.

La trajectoire nette et probe de l'une est percutée par la violence de l'autre.

En ce qui concerne le crime des sœurs Papin, les réactions se scindent politiquement pour réclamer vengeance ou au contraire voir dans ces deux jeunes femmes les victimes exemplaires de la lutte des classes. Simone de Beauvoir met en accusation une société archaïque, « broyeuse d'orphelins, machine à fabriquer des assassins ». Pourtant, au-delà de leur opposition catégorique, ces deux points de vue réduisent communément l'acte de ces deux femmes à une pure bestialité. Les uns évoquent des sauvages, les autres des victimes soit, étymologiquement, des créatures vivantes offertes en sacrifice à la divinité.

Qu'advient-il de leur humanité et de la singularité de leur crime ?

Dans son analyse, le psychanalyste Jacques Lacan développe a posteriori la thèse de la psychose paranoïaque chez les deux sœurs assassines. Et comme le fera le psychiatre expert au procès de Sara, il dénonce la décision prise par la cour de justice de juger les criminelles responsables de leurs actes.

Chacun est responsable des dommages qu'il cause non seulement par son fait, mais encore par sa négligence ou par son imprudence. Mais, entre maladie mentale et déchéance sociale, Sara semble déconnectée de sa propre violence.

Au-delà de Christine et Léa Papin, je pense, moi, au personnage de Julien Leclou dans *L'Argent de poche*, chronique d'une année de primaire dans une petite école d'Auvergne. François Truffaut y filme en 1976 les derniers feux de l'enfance. Ses personnages évoluent dans le délicat écartèlement entre nature profonde et nécessaire entrée dans la communauté. L'émoi amoureux, les prémices du désir et la responsabilité d'une vie d'adulte à venir sont les ferments de leurs tumultes.

Parmi eux, Julien fait figure de mistigri, cette carte de jeu porte-poisse. Il est un enfant étrange, à part. Mal fagoté, il mène une existence épargnée de toute autorité, où profonde liberté et grande solitude sont les maîtres-mots. Cet enfant-là est objet de mise à l'écart autant que de fascination. Personne ne sonde son existence hors de l'enceinte de l'école. Jean-François Stévenin incarne un instituteur lumineux et humaniste qui, pourtant, ignore les coups et les brûlures couvrant le corps de Julien. Sa maltraitance est découverte lors d'une visite médicale. La mère et la grand-mère de l'enfant sont arrêtées. Entre les murs de leur taudis, personne, jamais, ne s'est donné la peine de braquer la lumière.

Devant sa classe, l'instituteur achève l'année par un discours où résonne l'enfance douloureuse de Truffaut : « Un enfant malheureux, un enfant martyr se sent toujours coupable et c'est cela qui est abominable. Parmi toutes les injustices qui existent dans le monde, celles qui frappent les enfants sont les plus injustes, les plus ignobles, les plus odieuses. »

Mon regard sur Sara n'est pas neutre. Il s'arrime à une autre histoire.

Un dimanche matin de juillet 2004, mon cousin Pierre a tué sa femme. Ce meurtre a fait l'objet de plusieurs procès successifs. Le premier a été suivi d'un appel au palais de justice de Lyon, puis, après un pourvoi en cassation, d'un troisième, cette fois aux assises de Riom.

Cette dernière confrontation aux faits a été, pour nous, ses proches, déterminante. Elle a marqué la fin d'un parcours judiciaire en actant la condamnation ferme et définitive de Pierre. Et, menée par des magistrats d'une rare humanité, elle nous a permis d'éclairer, enfin, le basculement dans la violence de cet homme aimable et discret.

Dix ans plus tard, j'ai souhaité rencontrer l'avocate générale du procès de Riom, Marie-Jeanne V., dont la plaidoirie avait marqué notre cheminement.

Philosophe de formation, habitée par la foi chrétienne dont témoigne une petite croix à son cou, Marie-Jeanne V. avait, comme maître L., pratiqué son métier dans des territoires méconnus du plus grand nombre et enchaîné les postes dans des régions enclavées. Elle venait de prendre ses fonctions au tribunal d'Amiens lorsqu'elle a accepté de me recevoir. Durant quelques heures, dans le cadre feutré de son cabinet, nous avons parlé à bâtons rompus.

Sans doute l'intensité d'écoute de cette magistrate expliquait-elle la grande précision de ses souvenirs. Les mille vies percutées au fil de sa carrière l'avaient façonnée. Cette femme incarnait une mémoire de la Justice française. Elle connaissait les arcanes de procès parfois médiatiques, souvent anonymes. Elle avait côtoyé le pire et le très beau. Elle avait gardé sa foi en l'humanité et continuait à y puiser son souffle.

La matinée était passée avec une rapidité déconcertante et je devais attraper un train pour retrouver ma fille encore si petite. J'allais quitter Marie-Jeanne V. quand je lui ai demandé quelle affaire, parmi la foule de celles abordées dans sa vie de prétoire, avait été la plus complexe pour elle.

J'avais étudié son parcours avant ma visite. Certains des crimes dont elle avait dû définir la sanction avaient une ampleur nationale de par les questions éthiques soulevées – entre récidive, perversion ou défaillance institutionnelle. Pourtant, elle m'a entraîné sur un terrain inattendu, celui d'un procès pour agressions sexuelles sur mineurs dans la région auvergnate.

Un adolescent avait abusé les enfants confiés à sa mère, nourrice, dans le silence coupable de celle-ci. Le retentissement du procès s'était réduit à la une d'un quotidien régional. L'extraction modeste des parents des victimes avait contribué à reléguer l'affaire aux faits divers sociaux, « aux chiens écrasés », comme on dit communément.

Mais, pour l'avocate générale, une transgression majeure s'était jouée dans ce dossier, provoquant un mal irréparable. Elle tenait à la confiance trahie. Des parents avaient placé leur plus grande richesse entre des mains criminelles et ne s'en relèveraient jamais.

Cette femme, au fil du procès, s'était employée à réanimer la puissance de la société. Rendre justice, c'était réinscrire les enfants dans leurs droits et leur intégrité, mais c'était aussi réparer les parents dans leur rôle. Ils avaient été dupés quand ils pensaient choyer. La double faute incombait exclusivement aux auteurs des faits. Les parents avaient été dignes de leur rôle et devaient réinvestir celui-ci pour leurs enfants et pour le bien commun.

Sans doute le manque d'empathie dont Sara a fait l'objet au moment de son procès se puise-t-il là. La presse, hors de toute présomption d'innocence, titre trois jours après les faits : « Meurtre de l'antiquaire : c'était la garde-malade. »

Le mal est venu avec un visage d'ami.

Comme cette nourrice, Sara appartient au personnel encadrant auquel sont confiés les fragiles. Désignée comme monstre, confondue avec son geste, elle hérite du rôle de coupable en cherchant à peine à le contester.

L'évidence dans la distribution des emplois, entre coupable et victime, a stoppé net la réflexion quant aux origines de la violence.

Mais, pour être rendue et faire son travail réparateur, la justice est passée à côté d'une évidence : Sara était aussi fragile que ceux dont elle avait la garde.

Le vendredi matin, à cinq heures, les gardiens de la paix alertés par les employés de la poissonnerie trouvent la porte de l'immeuble de l'antiquaire ouverte. À l'étage, celle de l'appartement, carbonisée, est détruite aux trois quarts. Ils la poussent.

La découverte du cadavre dénudé, lardé de coups de couteau, mordu puis calciné, provoque un choc durable chez ses témoins. La victime était connue de son vivant. L'obscénité de son corps martyrisé ancre la mémoire du drame. Elle guide les souvenirs en lumière hypnotique, effaçant l'essentiel du contexte.

L'incendie censé masquer le meurtre a couvé sans se déclarer. L'appartement est couvert de suie, rendant délicate la prise d'empreintes.

Appelé sur les lieux à l'aube, le juge d'instruction remarque les lunettes de la victime oubliées sur la table de chevet. Yvonne s'est levée sans crainte. Cet homme myope depuis toujours, incapable du moindre geste sans l'aide de ses verres, en déduit être en présence d'un meurtre de l'intime : un agresseur affronté à tâtons ne peut pas être un inconnu. Les experts présents confirment l'intégrité des serrures.

L'amie d'Yvonne est la première à évoquer une garde-malade tout juste embauchée.

La police investit la cité du Stade et entre chez Sara pour la trouver endormie dans son lit. Elle est d'abord auditionnée en tant que témoin au commissariat voisin de cette fameuse avenue de Paris, menant de la tour de l'appartement familial au centre de la ville.

À midi, le procureur de la République établit les premières constatations. Un ou plusieurs auteurs sont évoqués et les premières lignes du scénario dessinées.

Toute la journée, la Renault Supercinq et la 305 Peugeot de l'équipe de policiers affectés à l'enquête se relaient au bas du petit immeuble du centre-ville pour récupérer les pièces à conviction, qu'ils emportent dans de grands sacs-poubelle. L'expertise scientifique balbutie. Des scellés sont placés sur les portes du magasin. Un panneau *Fermé pour cause de décès* est posé sur la vitrine.

Au commissariat, le SRPJ de Dijon vient prêter main-forte à l'équipe locale. Sara, principale suspecte, nie les faits. Mais les preuves s'accumulent contre elle.

Dans sa chambre, les officiers ont retrouvé un sac rempli de biens appartenant à la victime. Bibelots, foulards et bijoux de valeur modeste y ont été jetés en vrac. Quant aux témoignages, ils se multiplient : celui du chauffeur de taxi sollicité le soir du meurtre, celui de la boulangère proche d'Yvonne, et enfin celui du curé.

La garde à vue de Sara est prolongée.

Le samedi matin, vingt-quatre heures après le meurtre, le journal régional en fait sa une. En ce jour de marché, l'évènement tient du coup de tonnerre. Un petit texte illustré d'une photo d'Yvonne souriante et légendée « Une vieille dame charmante » établit la biographie de la victime dans ses grandes lignes. Il annonce néanmoins l'imminence d'une résolution dans ce meurtre barbare au motif inconnu et conclut sur la rencontre récente de la commerçante avec la suspecte à la manière d'un *cliffhanger*, ces accroches narratives de fin d'épisode destinées, dans les séries, à attiser le suspens.

En ce week-end de septembre, le parvis de la cathédrale accueille un rendez-vous annuel de peintres amateurs. Paysages bourguignons, portraits de chiots ou de Johnny envahissent la place. Les participants dédient l'édition à Yvonne et l'un d'eux déclare au journaliste souhaiter voir le coupable finir sa vie derrière les barreaux.

Au commissariat, Sara persiste à nier.

Les policiers s'étonnent de son attitude. Qualifiée de « cyclothymique », elle alterne phases d'excitation et raisonnement calculé pour démontrer son innocence. L'évidence manifeste et la quasi-absence de zones d'ombre dans le déroulé des faits vient à bout de sa résistance.

Acculée, Sara avoue.

Le dimanche matin, elle est entendue par le juge d'instruction et, selon le lexique de l'époque, inculpée pour meurtre.

Elle dit s'être arrêtée de frapper quand le sang a fait glisser ses mains sur les manches des couteaux. De cette image, le juge d'instruction dira qu'elle est « de celles qui ne s'inventent pas ».

Sara se rétracte quelques heures après ses aveux. Tout au long de son parcours judiciaire, elle ne cessera les allers-retours entre faits, vérité et déni.

Le jour même, elle est transférée à la maison d'arrêt de Dijon.

Elle y restera deux ans.

En musique, la dissonance procède d'une rupture. Un accord ou un intervalle brise l'harmonie des sons, déstabilisant l'écoute. L'auditeur est mis sous tension, dans l'attente de retrouver ses repères.

Les faits divers sont ces contretemps dans nos vies. Ils forment cette note inattendue apte à faire basculer le quotidien dans le hors-norme. Ils sont nos dissonances.

Historiquement, le concept naît de son caractère inclassable. Ces évènements font rarement évoluer la marche du monde : leur valeur, pour le lecteur de journal ou le spectateur d'une chaîne d'information en continu, tient à leur seule survenue. Homicides, cambriolages, violences sexuelles sont jetés en vrac dans la rubrique dédiée, celle où l'humain dysfonctionne. À chacun d'y faire le tri.

Les faits divers touchent nos voisins, nos collègues ou simplement nos semblables. Émotionnellement, ils nous concernent davantage qu'un Conseil des ministres. Et le problème est là. Ces histoires de petits délits ou de vraie criminalité sont accusées de vacuité. Elles seraient écoutées et répétées à la manière dont on se régale d'un spectacle. Pierre Bourdieu joue sur les mots, et c'est peu courant, pour intituler un article « Le fait divers fait diversion ». Offerts aux rotatives de l'imprimerie et aux caméras, les faits divers seraient de simples parasites à la lecture du monde, ce doigt fixé par l'idiot quand on lui montre la lune. Ces trajectoires humaines chahutées, malmenant les corps et semant le chagrin, ne seraient, dit-on, porteuses d'aucun enseignement. Sans doute faut-il simplement savoir les écouter.

Au fil de mes séjours chalonnais, dans la chambre louée chez Hélène, ou parfois en aller-retour express sur la journée, je passe de nombreux après-midi au tribunal. Les audiences s'y succèdent sans répit. La juridiction de Montceau-les-Mines a depuis longtemps disparu. À Chalon se jugent désormais l'essentiel des crimes et délits régionaux. La misère économique et humaine du territoire s'engouffre dans ses travées refaites à neuf. Les affaires soumises au parquet surpassent largement les capacités du tribunal en personnel et en budget. Les dossiers s'enlisent, les familles se lassent et la justice peine à faire la lumière. Alors, dans des rythmes éreintants, les avocats y accompagnent des hommes, pour l'essentiel, tâchant de limiter le coût d'un énième excès de vitesse avec violence sur détenteurs de l'autorité, d'une consultation de sites pédopornographiques ou de coups et blessures sur conjointe. Les verdicts sont suivis d'un « Je vais vous expliquer » du président, pédagogue et conscient de l'opacité de son lexique. Il faut reprendre chaque mot pour permettre à l'inculpé de comprendre la sanction retenue.

Parfois, dans la salle plus vaste destinée à accueillir public et journalistes, les assises s'ouvrent sur des crimes complexes. De ceux qui contraignent à revisiter les méandres de l'humain. Un père coupable d'avoir secoué son bébé y succède à des marginaux accusés de séquestration ou à Valérie Cabot, cette femme devenue meurtrière de son mari, qui la battait et la prostituait depuis des années. L'ampleur du nombre de spectateurs et la présence de caméras valent pour mesure de l'émotion suscitée.

Entre ces murs, justice doit être faite malgré l'étroitesse du budget alloué par l'État. Femmes et hommes de droit s'appliquent à la faire respecter malgré la lassitude devant la récidive et la répétition des profils. Fréquenter ces bancs, c'est se confronter à la misère. La violence traverse les couches sociales mais revient toujours en boomerang sur les plus mal lotis.

Parfois spectaculaire et ignoble comme l'est le meurtre d'Yvonne, parfois tristement quelconque, le fait divers naît de l'émergence de pulsions archaïques. Et il prend son sens en cela. Ces crimes et délits sont la soudaine bascule de l'intime dans le commun. Les accidents de la route, puis les féminicides ont longtemps appartenu à cette rubrique dite « des chiens écrasés » avant de constituer, par leur systématisme, des faits sociologiques authentiques. Ces transgressions racontent la norme et la difficulté à la respecter. Elles portent l'humain dans sa fragilité. Elles font état de la contrainte imposée à chacun sur ses désirs et ses pulsions pour permettre le collectif.

Ici a été jugée Sara en juin 1993. Son procès, dit-on, avait fait venir les commerçants locaux. Les médias nationaux n'ont pas gardé trace des échanges.

À Chalon, maître L. est un avocat singulier. Trente kilomètres seulement le séparent de Montceau-les-Mines, le pays du charbon où il est né, mais cet homme-là, amoureux de sa terre, ressent cette distance comme un exil. Lorsqu'il était enfant, son grand-père mineur le faisait descendre tous les dimanches dans les entrailles houillères. Il a grandi dans la certitude de côtoyer les ténèbres. Peut-être se serait-il lui-même employé à explorer les galeries souterraines sans le marasme économique venu, depuis, engloutir le secteur.

L'expérience a durablement façonné son imaginaire : maître L. a consacré sa vie à explorer les abîmes de l'âme.

Au pays du charbon, les plaines sont infinies et les cultures agricoles s'entremêlent aux immenses forêts. Maître L. dit de ces paysages qu'il faut y être né pour les aimer et n'a jamais cessé de leur prouver son attachement. Il a fait sa scolarité au petit séminaire, parmi les notables en devenir, et suivi ses études de droit à Dijon. Contraint d'ouvrir un cabinet chalonnais pour postuler au tribunal de grande instance, il a rapidement conforté celui-ci par une succursale à Montceau.

Il est tard ce soir de printemps 1993, quand le téléphone sonne. La secrétaire est partie depuis longtemps. Si maître L. ne répond pas assez vite, l'appel tombera sur le répondeur du standard.

Maître L. aime travailler tard, quand il se sait à l'abri des interruptions et des urgences du tribunal. L'ordinateur connaît ses prémices, pourtant lui persiste à écrire. Il noircit les feuilles, prépare ses dossiers et affine ses plaidoiries au stylo.

Maître L. approche la quarantaine avec derrière lui un début de carrière d'honnête juriste. Aux audiences, il est connu pour son humanité. Les spectateurs de ses plaidoiries évoquent l'originalité de ses points de vue et de ses attaques. Cet avocat du plus grand sérieux sait trouver l'espace de l'amusement et séduit le public. Il traîne son accent en marque d'appartenance et connaît toutes les fêtes régionales. C'est un bon vivant se dédiant à son travail.

Son parcours l'a ancré dans le territoire. Sitôt le barreau passé, il s'est spécialisé en droit successoral. Dans l'exercice de sa discipline, beaucoup s'ennuieraient à mourir et rêveraient de procès médiatiques. Lui est passionné. Il aime éclairer le droit et accompagner la résolution des conflits. Il aime les histoires et les gens.

L'équilibre trouvé entre le cabinet de Montceau et celui de Chalon est une chance. Le rural et le citadin se mêlent au fil des affaires traitées et, chaque jour, il parcourt la route reliant l'un à l'autre, du parti de la raison vers l'inclinaison de son cœur. Gaulliste terrien revendiqué, il ne raffole pas de Chalon, ville trop bourgeoise à son goût. En bon soldat, il prête allégeance à la notabilité, mais impose sa singularité dans une chevelure éclatante et des nœuds papillon hors du temps.

Ce soir-là, cet écartèlement culturel et géographique s'apprête pourtant à prendre un sens inattendu.

Maître L. décroche. Au bout du fil, puisqu'en 1993, l'expression fait encore sens, il reconnaît la voix du bâtonnier. Les deux hommes sont familiers et échangent d'ordinaire avec plaisir. Mais l'heure est grave. Une toute jeune femme a été inculpée, dix-huit mois auparavant, pour le meurtre d'une commerçante locale. Maître L. connaît cette affaire, sordide. Elle a fait la une des journaux trois jours durant. Le procès vient d'être inscrit dans le calendrier des assises. Il aura lieu dans quelques semaines, début juillet. Or, l'autrice des faits, issue d'un milieu modeste, incarcérée au centre de détention de Dijon, bénéficie de l'aide juridictionnelle : elle a droit à un avocat commis d'office pour assurer sa défense. Le bâtonnier a la charge de cette nomination. Et il a pensé à lui.

Maître L. s'étonne : il n'est pas un pénaliste confirmé. Son expérience des assises se limite à une affaire de viol quelques années auparavant. Déjà commis d'office, il avait alors défendu la partie civile et, pour être clair, cette fonction lui convient mieux. Il a peu d'empathie pour les criminels. Pourquoi ne pas contacter des confrères du barreau local ? Les fans du prétoire ne manquent pas. Ils s'en chargeront avec davantage de conviction et de pratique.

Le bâtonnier s'avoue dans l'embarras : cette responsabilité tient du fardeau. « Patate chaude », « bâton merdeux » ou simple « bébé », la langue multiplie les images pour nommer ces dossiers toxiques. Celui-ci en est un de premier plan. Car, en réalité, il est impossible au bâtonnier de désigner un commis d'office dans le bassin chalonnais. Accabler un avocat local de la défense de la tueuse équivaudrait à déchaîner sur lui le lobby des commerçants. Regroupement modeste par ses effectifs, celui-ci tient néanmoins le centre-ville. L'hypermarché Carrefour, tout juste construit sur l'île qui lui fait face, est la première pierre d'une future et vaste zone commerciale. Le cœur historique est progressivement désinvesti par les plus modestes, mais aussi par les populations aux revenus viticoles confortables. Depuis la périphérie, il est devenu plus commode aux voitures d'éviter ces rues étroites où les parkings sont rares. Les petits commerçants sont fébriles et risquent de détourner leur colère grandissante sur l'avocat de la meurtrière de l'une d'entre eux.

Le bâtonnier l'avoue, contrit : il ne lui fait pas un honneur en lui proposant cette désignation, il lui demande un service.

Maître L. est dérouté. Comme ses confrères, son nom figure au barreau local. Pourquoi l'opinion publique le ménagerait-elle davantage ? À quel titre son cabinet échapperait-il à la hargne et au discrédit ? Pour le bâtonnier, cela tient de l'évidence et repose sur son image. Maître L. vient de Montceau. Il en clame son amour et en a gardé la culture et l'accent. Sauf son respect, autant être honnête : pour les Chalonnais, il est d'ailleurs.

L'échange est courtois. L'un et l'autre se portent une grande considération professionnelle réciproque et il s'agit de faire au mieux pour l'harmonie de la confrérie locale. Bon camarade, maître L. accepte.

Désormais, Rachida Dati brigue la mairie de Paris. Tous les dimanches matin, elle se rend à la messe catholique de l'arrondissement dont elle est maire. Ses réseaux sociaux fleurissent de photos d'elle accompagnée de religieuses. Elle aime évoquer la propreté des rues et sa peur du séparatisme : la culture n'est pas sa priorité.

Pourtant, interrogée sur son rapport à la littérature, la ministre évoque fréquemment le bibliobus municipal. Celui-ci parcourait les quartiers les plus défavorisés de Chalon, aux Charreaux comme au Stade, pour y apporter chaque semaine livres et magazines. L'offre était moindre qu'à la bibliothèque du centre-ville, mais sa vertu était ailleurs : le bibliobus apportait les mots là où personne ne les cherchait.

La ministre dit en avoir a été enrichie.

*Tistou les pouces verts*, ce court roman jeunesse de Maurice Druon, débusqué dans les rayonnages de la camionnette, compte parmi ses plus beaux souvenirs de lecture. Un enfant, fils de marchand de canons, y découvre son don miraculeux pour faire pousser les plantes. Là où se posent ses doigts, des fleurs jaillissent.

À lire et à écouter la petite Rachida du Stade, le destin de chacun semble suspendu à la capacité de saisir sa chance. Nous serions tous, semble-t-elle dire, comme Tistou, dotés d'un talent enfoui en nous. Les livres du bibliobus, les rencontres bienveillantes et les opportunités de démontrer sa capacité de travail jalonnent le récit de son parcours. Sans doute son histoire personnelle a-t-elle été plus complexe, pleine d'angles morts habilement masqués par son fameux talent narratif. Pourtant les faits sont là : la fillette du quartier du Stade, deuxième d'une famille de onze enfants, née de parents d'origine étrangère dans cette maternité aux confins des Charreaux, est devenue l'une des représentantes majeures de l'État français.

À Chalon, la ministre est appelée par son prénom et on murmure combien, en secret, elle continue à faire pour la ville.

D'elle, mon amie Leïla interdit de dire du mal.

Elles sont liées, confie-t-elle : leurs mères sont enterrées côte à côte.

Dans cet homicide, tout est joué avant même l'ouverture du procès. La peine maximale semble assurée.

À vingt ans, l'existence de Sara est une succession d'échecs. Qui, à part sa famille, pourrait lui venir en aide ?

Face à elle, Yvonne fait figure de « bonne cliente ». Certains magistrats appellent ainsi les victimes les plus susceptibles de susciter l'émotion.

Trente ans après les faits, l'affaire a marqué les esprits de l'encadrement judiciaire par sa violence. Mais, Sara, elle, ne rappelle pas grand-chose. Son souvenir est un agrégat d'impressions. « Discrète », « placide », « charmeuse », ou franchement « manipulatrice ». Les qualificatifs se succèdent au gré des bouches pour définir une personnalité insondable, dont, à ce jour, la sincérité tient toujours de l'énigme. Consciente ou non de ses actes, Sara a été envisagée sous le prisme de la monstruosité de son meurtre. On juge les faits, pas ceux qui les commettent. Là où je cherche, eux seuls ont imprimé la mémoire.

Sara a été oubliée et les rares personnes qui s'en souviennent ignorent ce qu'il est advenu d'elle après l'énoncé de sa peine, à l'exception d'une.

Le docteur D. a rencontré Sara quelques mois avant son procès, mandaté auprès d'elle en tant qu'expert par le ministère de la Justice.

Il évoque ses vingt ans et sa fonction d'agent de restauration avec précision. De toutes mes rencontres autour de cette affaire, il est le seul à avoir pris de ses nouvelles à sa sortie de prison.

Ce dossier a participé à sa décision d'arrêter l'expertise auprès des tribunaux, dit-il. Son impossibilité à être entendu l'a dévasté. La psychiatrie, insiste-t-il, est insoluble dans la justice.

Dans les faits divers, chacun joue sa propre partition et raconte les évènements dans le souvenir de sa propre mélodie. Pour l'avocat, c'est celle d'une défense impossible, pour les magistrats, une affaire sans mystère, et pour la famille, un désastre. Le docteur D., lui, appelle simplement ce procès celui des benzodiazépines.

Sara a un profil type de toxicomane médicamenteuse, scientifiquement nommée pharmacodépendante. Depuis les premières prescriptions par un médecin généraliste, elle jouit d'un engourdissement rapide de ses traumas. Mais cette fameuse accoutumance chronique naît et Sara y répond comme un drogué en manque : en chargeant la dose.

Le jour du meurtre, Sara a avalé neufs comprimés : trois de Tranxène, trois de Normison, trois d'Halcion. Tous appartiennent à la famille des benzodiazépines.

Parmi eux, le plus puissant, l'Halcion, nom commercial du triazolam, est soupçonné de faciliter les passages à l'acte. Élaboré par le laboratoire Upjohn à la fin des années 1970, il est prétendu dépourvu d'effets secondaires, tels qu'étourdissements et pertes de mémoire, reprochés à ses prédécesseurs. Cette publicité lui vaut d'être aussitôt considéré comme traitement pionnier d'une nouvelle génération d'hypnotiques et son succès est immédiat. L'Halcion devient en quelques mois la drogue hypnotique la plus largement prescrite au monde. Mais, dès ses premiers mois d'exploitation, des médecins à travers l'Europe s'alertent de constater des troubles amnésiques inattendus chez leurs patients. La compagnie Upjohn réagit par l'organisation d'un symposium scientifique largement médiatisé, où ses essais cliniques sont à nouveau validés. L'Halcion poursuit sa destinée commerciale prospère. Pour Upjohn, déjà fabricant du Xanax, c'est un doublé gagnant. Pourtant, les inquiétudes persistent. En février 1987, les doutes quant à la soumission médicamenteuse sont suffisants pour provoquer le retrait de l'Halcion 0,50 mg des pharmacies françaises. En 1989, deux ans avant le meurtre d'Yvonne, un psychiatre écossais revient sur les études réalisées par Upjohn et conteste l'efficacité du protocole. Il s'inquiète des amnésies observées sur ses patients. C'est un autre psychiatre, issu d'un laboratoire financé par l'industrie pharmaceutique, qui cette fois s'oppose à lui. Le monde médical se fracture, mû par des intérêts divergents.

Les faits divers alourdissent la charge. En 1988, dans l'État de l'Utah, une quinquagénaire, consommatrice d'Halcion, tue sa mère d'une balle dans la tête sans mobile, ni mémoire de son geste. Ses avocats s'emparent de la littérature médicale et remettent en cause le protocole.

Ils parviennent à faire annuler le procès avant d'attaquer le laboratoire Upjohn. Celui-ci ne reconnaît aucune responsabilité mais accepte un règlement à l'amiable sans parvenir à calmer les interrogations.

En octobre 1991, un mois après le meurtre d'Yvonne, la BBC diffuse une enquête intitulée « *The Halcion nightmare* », consacrée aux troubles paranoïaques développés chez les patients sous l'effet de la molécule. L'Halcion 0,250 mg consommé par Sara disparaît à son tour des rayons des officines.

Quand le docteur D. est nommé par le tribunal de Chalon afin d'évaluer la responsabilité psychiatrique de Sara, il est ahuri par les errances du parcours médical de celle-ci. Sa surconsommation d'Halcion, notamment, l'interpelle. Sans se préoccuper de sa rétribution prise sur le budget anorexique de la Justice, plusieurs semaines durant, il libère ses matinées pour se rendre quotidiennement à la maison d'arrêt et rencontrer Sara.

Devant lui, la jeune femme reconnaît les faits avec facilité. À nouveau, comme lors de sa garde à vue, elle raconte la manière dont, le soir du meurtre, elle a été réveillée par des voix. Ces fameux « tue-la, tue-la » reviennent en boucle dans son récit. Ils sont la porte d'entrée vers la sauvagerie, les trente-huit coups de couteau donnés des deux mains sur l'ensemble du corps, l'égorgement et les morsures au bas-ventre.

En entretien quotidien avec Sara, le docteur D. se livre à une écoute précise des symptômes, permet l'installation dans sa cellule du matériel nécessaire à l'enregistrement de son sommeil et observe son activité cérébrale. Le suivi psychiatrique de Sara à la maison d'arrêt est, faute de moyens suffisants, désastreux. Elle est à nouveau anesthésiée par les anxiolytiques. Sa douleur, étouffée, la consume.

Pour la première fois semble-t-il dans cette instruction, Sara accorde une totale confiance. Elle livre son sommeil et sa mémoire. Le docteur D. en étudie toutes les lacunes, forgées par la corrosion chimique.

Le procès approche. Et tandis qu'entre Chalon et Montceau, maître L. rédige l'argumentaire de sa plaidoirie, le docteur D., lui, élabore à Dijon ses conclusions médicales. S'appuyant sur les articles de recherche consacrés à l'Halcion, il invoque l'irresponsabilité pénale pour Sara. L'une des journées d'audience est consacrée à l'étude de la question. Dans son cas, parler d'innocence n'a pas de sens, le désordre mental l'emporte sur le bien et le mal.

Le procès s'ouvre en juillet 1993. Face à la famille d'Yvonne réunie en partie civile, l'attitude de Sara, louvoyant entre aveux et déni, intrigue. La presse locale y voit la seule énigme à venir dans ce procès, à ses yeux, joué d'avance. Pour le docteur D., pourtant, il n'en est rien. Le retrait commercial de l'Halcion 0,250 mg et les exemples d'insomniaques sous traitement devenus meurtriers sans mobile ni mémoire sont autant d'éléments à décharge.

Après une première journée consacrée à l'exposé des faits, il revient aux experts d'ouvrir les débats. Quatre d'entre eux ont été réunis pour trancher son cas. Issus d'un laboratoire pharmaceutique, d'un centre antipoison et du système pénitentiaire, ils s'opposent sur la responsabilité pénale de Sara. Si la jeune femme est unanimement reconnue *borderline*, la conscience de ses actes au moment du meurtre, elle, est sujet de discorde.

Fort de ses semaines de travail, le docteur D. en est convaincu : Sara a agi dans un état de parasomnie. Comment la juger pour des faits commis en absence de conscience ? La jeune femme est portée par un psychisme fragile, déconstruit par la violence et les abus médicamenteux. La condamner pour meurtre et l'envoyer en prison, c'est répondre à l'horreur par une autre. « Le suicide sera, tôt ou tard, sa seule issue », conclut-il sa démonstration.

Face aux jurés, les mots du docteur D. tombent dans le vide. Aujourd'hui encore, dans les prétoires chalonnais, la rumeur raconte comment la parole de ce psychiatre à la réputation réduite aux contours régionaux a été balayée par celle des autres, venus de Marseille, Lyon et Versailles. À l'issue de cette journée, la presse quotidienne titre : « Bataille d'experts ». L'article évoque la technicité si sophistiquée des psychiatres, impropre à éclairer les profanes. Au-delà des mots, seule leur scansion fait figure de vérité. Et, à ce jeu de l'apparat, chacun à nouveau s'en réfère à sa partition.

À cette époque où le pouvoir se genre au masculin, ces hommes-là, le docteur D. et maître L. s'apprécient. Adolescents, ils ont fait le petit séminaire ensemble. Ils se portent respect mutuel. Et pourtant l'un et l'autre ont vu lors de ce procès leurs limites réciproques.

Connu pour son implication dans ses dossiers, maître L. brandit l'article 64 sur l'irresponsabilité pénale. Lui-même, pourtant, y croit peu et mène la bataille pour la forme. Il lui faut une profonde rationalité pour parvenir à défendre Sara en respectant sa propre morale. Devant la cour, il tonne : « Tuer une personne en donnant trente-huit coups de couteau sur tout le corps, pensez-vous qu'un être raisonnable en soit capable ? »

Sara assiste aux échanges, muette, dans le box des accusés. Les gestes jugés sont ceux d'une jeune femme élevée dans le chaos. Mue par l'instinct de survie, Sara a appris à séduire dès son plus jeune âge. Elle confond amour, affection et violence, se reproche les coups de son père et la mort brutale de celui-ci. Au fil des dépositions successives à la barre, elle est dite enfant mal aimée et perverse. Et rares sont les témoins ou les experts à faire le lien entre l'un et l'autre.

Car, en réalité, la presse a raison : ce procès-là est joué dès son ouverture, à l'énoncé des faits et à la projection des photos de la scène de crime.

Son autrice incarne une mauvaise conscience collective. Issue d'un milieu pauvre, élevée sous les coups sans jamais faire l'objet d'un signalement, elle a passé sa vie à errer d'une place à une autre et d'un logement social à un autre au gré de décisions prises par des tiers. La déclarer responsable de ses actes et de son propre malheur est le plus simple.

Son avocat, profondément humain, s'attache aux victimes davantage qu'aux fauteurs de troubles. Il accepte pourtant l'affaire en gage de paix sociale face au possible lobby des commerçants.

L'expert psychiatre paie son enracinement régional par un discrédit de sa parole.

Sara, elle, assiste à son propre naufrage. Pendant ces trois jours de procès, elle se prête à son rôle en répondant aux questions et présente des excuses manifestement sincères à la famille de sa victime pour des gestes effacés de sa mémoire.

Le docteur D. appelle à l'acquittement et maître L. s'y accorde sans conviction.

L'avocat général nie la maladie mentale, qualifie l'accusée de perverse et dangereuse et requiert une peine de vingt ans.

La cour condamne Sara à dix-huit ans de prison.

Maître L. se réconforte de ces deux années de bonheur gagnées malgré tout, dit-il aujourd'hui, sans savoir ce qu'il est advenu d'elle.

Le docteur D., lui, se contente de soupirer sur un verdict de « pauvres bougres ».

Notre père s'est affaibli. Ses épaules de rugbyman ont fondu. Il marche à petits pas. Dans la rue, au supermarché, son corps est inadapté au mouvement : tout va trop vite. Son autonomie s'est réduite à quelques rues. Étrangement, l'évènement n'a pas pris des allures de drame. Mon frère et moi avons réorganisé nos emplois du temps en y intégrant cette nouvelle donnée. Chez lui, la troisième pièce de son appartement, mi-débarras, mi-rien du tout, a été aménagée pour arranger un lit. Nos couvertures y sont un agrégat de vies, entre édredons de notre grand-mère, duvets de méditation et draps cadeaux d'un mariage rompu depuis quarante ans. Lui et moi alternons nos visites tous les quinze jours.

Auprès de notre père, nous avons établi nos fonctions. Mon frère le conduit, cuisine et répare de menues choses. Je range l'appartement-caverne, lui apporte des produits de l'épicerie italienne et m'occupe de ses vêtements. Cela ne tient jamais de la corvée, mais d'un moment, hors du temps, de disponibilité pour l'autre. Nous nous y retrouvons dans une douce énergie semblable à celle qui nous menait aux parloirs de mon cousin Pierre.

Nous connaissons désormais par cœur les horaires des trains pour Dieppe et partageons nos astuces pour alléger les trajets. Les photos envoyées à chaque arrivée sur le parvis de la gare sonnent en rituel.

Rappelée à sa loyauté profonde, notre mère a rétabli un dialogue quotidien avec son ex-mari. Le téléphone sonne chaque soir à heure régulière dans l'appartement et, dépassant sans la moindre hésitation les mille kilomètres de distance et les vingt années sans se voir, nos parents se parlent dans une complicité à laquelle mon frère et moi sommes étrangers et dont nous sommes pourtant nés.

Les reportages sur la maltraitance dans les EHPAD ou les déficiences des services de gériatrie attirent désormais davantage notre attention. Ces fragments de vie avec lui tiennent d'un sursis dont nous sommes tous conscients.

Et dans sa vulnérabilité, j'entrevois le sacré.

Il nous importe de prendre soin de sa fragilité, comme nous l'espérons d'autres s'y emploieront pour nous.

La vie de Sara a été fouillée par des experts avant d'être brandie entre les murs d'un tribunal et reprise dans les pages des quotidiens locaux.

Sa mort, elle, appartient à l'intime.

Sara a effectué sa peine dans un centre pénitentiaire moderne conçu dans les années 1980 à Varennes-le-Grand, en proche périphérie de Chalon, pour remplacer celui du centre-ville, devenu vétuste. À la fois maison d'arrêt et centrale mixte, l'établissement est de ceux dont on parle peu. Le nombre de détenus y est à la mesure des capacités d'accueil et la qualité de sa construction le fait figurer parmi les bons élèves de la République.

Le jeune âge de Sara et le faible risque de récidive ont sans doute contribué à favoriser sa libération anticipée.

Elle a vingt-huit ans quand elle sort de prison.

Sa peine est purgée, selon l'expression à la fois administrative et moraliste, mais son avenir est un champ de ruines.

En son absence, l'une de ses deux sœurs adorées est morte tragiquement, l'autre s'est mariée. Sara rejoint l'appartement de sa mère à la cité du Stade. Ses frères et sa sœur plus jeunes, placés un temps en famille d'accueil, sont revenus.

Dans un monde merveilleux, la greffe pourrait prendre et Sara construirait un futur plus serein. Elle jouirait de ces années de bonheur imaginées par son avocat. Mais la presque trentenaire libérée est plus abîmée encore que la jeune femme de vingt ans. Elle est restée somnambule, toxicodépendante et ne sait toujours pas distinguer l'amour de la violence.

Sauter dans le gouffre est décidément le seul projet séduisant.

Sa mort est déclarée au domicile de sa mère en 2001.

En 2007, Rachida Dati est nommée garde des Sceaux par Nicolas Sarkozy, tout juste élu président de la République.

L'une de ses premières épreuves au Ministère relève d'un bizutage. Un jeune homme reconnu schizophrène a, trois ans plus tôt, à Pau, égorgé une infirmière avant d'en décapiter une autre et de poser sa tête sur un meuble de télévision. Le crime est atroce et l'auteur des faits sous le coup d'une évidente irresponsabilité pénale désormais définie par l'article 122-1 du Code pénal. Mais le président de la République s'émeut d'un potentiel non-lieu où, face à l'ignominie, la loi serait bâillonnée par la maladie mentale. Dans une lecture à contresens de la justice, il déplace l'objet du procès à venir : le nécessaire apaisement de la société devient celui des victimes. Il évoque « le deuil » et l'accompagnement des familles, faisant ployer la réparation du dommage collectif sous la prise en charge du chagrin individuel.

Aussi, le président appelle-t-il dans cette affaire à un fac-similé de comparution. Comme dans la mise en scène de la kermesse des Charreaux, les magistrats joueraient à rendre justice. Le criminel y serait exhibé face au tribunal et aux parties civiles pour recevoir le coup de la loi, avant d'en être exempté.

En 2008, une loi naît de cette réflexion. Défendue par Rachida Dati, cette loi fait évoluer le statut d'irresponsabilité pénale. Une audience est désormais envisageable pour permettre aux parties civiles de se confronter au déroulé du crime et au mis en examen. Les faits deviennent imputables à un individu sans pour autant qu'il puisse en être tenu responsable. Entre le malade et le délinquant, la distance s'amenuise. Et, tant qu'à faire, la loi érige la dangerosité en mètre étalon de la justice : un condamné considéré comme un péril pour la société peut faire l'objet d'une rétention de sûreté.

Selon les mots de Robert Badinter, à la justice de liberté fondée sur la responsabilité de l'auteur des faits succède une justice de sûreté fondée sur la peur de crimes virtuels.

Les lois s'évertuent à tisser un cordon sanitaire censé mettre la norme à l'abri du hors-norme. Pourtant, l'un et l'autre sont une engeance commune. Le schizophrène de Pau, malade sorti des radars, comme Sara, distordue par la violence et la misère, sont nos créatures et notre responsabilité. À la fois craints et mal traités, ils appartiennent à notre communauté disparate, souvent douloureuse, mais bien vivante.

Peut-être constituent-ils une part de notre force en nous unissant dans notre peur d'eux. Ils sont les lémures nous rassemblant dans la nuit.

Ma fille est née à Paris, à une époque où les SMS se rédigeaient lettre par lettre sur des portables à clavier. Ses papiers d'identité, dont la responsabilité m'incombe encore pour une poignée d'années, indiquent un arrondissement en complément de la ville. Dans la part de temps m'étant accordée entre son père et moi, je l'ai élevée selon mes fantasmes d'enfance et mes frustrations d'adolescente. Elle a grandi entre musées et conservatoire de musique, entre dîners mondains et bilan carbone indécent. Et moque désormais gentiment mon obsession à lui faire découvrir ce qui m'a manqué. Sa vie à elle est ailleurs. Elle n'a besoin ni de strass ni de paillettes. Sans doute, si l'envie de devenir mère lui vient, tentera-t-elle de combler ses propres manques. J'ignore à ce jour lesquels ils seront.

Je suis une provinciale puisant son oxygène dans la chaleur des zincs et l'odeur du périphérique. Lâcher ça, soyons clairs, pour moi, c'est mourir. Et j'envie authentiquement ceux capables de faire autrement.

L'adolescence de ma fille se vit entre ses copines et leurs sorties improbables dans un Paris offert tout entier grâce à ses réseaux souterrains. Elles ont grandi dans un accès direct à tout, mais réduit par l'étroitesse des murs et l'absence de chlorophylle. Il faut aimer ça ; elle, elle n'a pas eu le choix.

Ma « province », ma « région », mon « territoire » a façonné ma jeunesse au rythme des fêtes au cœur de vignes ou de campagnes, dans des pavillons désertés par les parents le temps d'un week-end. Les soirées dans les garages, les salons Conforama ou les chambres Fly. Sur les rares photos qui me restent de cette période, chacun d'entre nous a toujours une clope et un verre de Jenlain à la main. Les pétards ne sont jamais très loin. Nous y sommes des rescapés des retours nocturnes avec au volant des apprentis conducteurs ivres morts. Personne n'a jamais eu peur ; nous étions éternels.

Les paysages dressent leur propre dangerosité. Celle affrontée par ma fille est étrangère aux routes de campagne, mais tient aux rues désertes, à ces plans urbains pensés neutres quand ils sont dédiés aux hommes.

Être élevé procède sans doute de cet apprentissage : distinguer le bien du mal et le sûr du périlleux. J'ai eu cette chance et j'espère avoir collaboré à la transmettre. Cette jeune fille a été considérée, c'est ma seule certitude.

Pour les autres, les laissés-pour-compte de l'enfance, abandonnés sur le bas-côté d'une route commune, les Julien Leclou, les Sara et autres mistigris, formons le vœu de mains tendues vers eux, aptes à soulager leurs blessures.

Aux Charreaux, la vie de l'école tient désormais à une poignée d'enfants.

Les familles sont moins nombreuses et la population, plus âgée : rentrée après rentrée, le nombre d'inscriptions décline. Bergère face à ses moutons, la nouvelle directrice, vive et dynamique, passe ses nuits de printemps à compter les petits à venir. Chaque nouvel élève vaut trésor et, comme dans les villages ruraux, une arrivée ou un départ peut tout faire basculer.

Ça passe.

L'accès à l'enseignement n'est pas en jeu. Si leurs effectifs venaient à décroître encore, les enfants des Charreaux seraient envoyés par bus, chaque matin, à l'école de Bellevue, le quartier voisin où j'habitais et où, sans Monique et Albert, j'aurais dû être inscrite. À l'étude depuis plusieurs mandatures, le projet est fréquemment brandi en conseil municipal. Mais les habitants du quartier voient en celui-ci un épouvantail : la vitalité de leurs rues est en jeu. Peuplés par des familles mixtes en quête de tranquillité, les Charreaux trouvent leur dernière communauté entre les murs de l'école.

Désormais, des équipements sportifs ont été accolés au bâtiment où, le soir venu, les enfants, garçons et filles, prolongent leur journée. Ils y rigolent, jouent au foot et se regardent les uns les autres s'agripper aux structures de plein air pour tester leurs forces.

Derrière les immenses fenêtres, les bureaux des élèves s'alignent devant le tableau, installés dans un éternel recommencement de l'apprentissage.

Ces lieux-là sont des repères intangibles de nos mémoires ; celle de Sara ou de Leïla comme la mienne. J'y suis, moi, la petite Jojo de Chalon.

Mais sur les photos de classe, assis sur le toboggan, d'autres enfants ont pris nos places.

De la même autrice

*Et à la fin tout le monde meurt*, Flammarion, 2007, J'ai Lu, 2012.
*Bâti pour durer*, Fayard, 2012.
*Un dimanche matin*, Éditions des Équateurs, 2019, Pocket, 2020.

Les Avrils, une collection imaginée par
Sandrine Thévenet et Lola Nicolle.

Enthousiasmes littéraires

Conception graphique : Atelier 25.
Composition : Nord Compo.
Correction : Agnès Aubry.
Coordination prépresse : Maude Sapin.

## Déjà parus aux Avrils

Raphaël Alix, *Le Premier Homme du monde*
Raphaël Alix, *Protocole miracle*
Isabelle Boissard, *La fille que ma mère imaginait*
Lucile Bordes, *Que faire de la beauté ?*
Jeanne Broucq, *Zéro virgule neuf pour cent*
Didier Castino, *Quand la ville tombe*
Didier Castino, *Boxer comme Gratien*
Guillaume Collet, *Les Yeux de travers*
Nicolas Delisle-L'Heureux, *Un grand bruit de catastrophe*
Martine Delvaux, *Le monde est à toi*
Martine Delvaux, *Pompières et Pyromanes*
Arnaud Dudek, *Le Cœur arrière*
Martin Dumont, *Tant qu'il reste des îles*
Dominique Fabre, *Trois Passagers*
Bertrand Guillot, *L'Abolition des privilèges*
Amandine Hamet, *Les Couleurs*
Driss C. Jaydane, *Moïse de Casa*
Bianca Joubert, *L'Amérique n'est blanche qu'en hiver*
Dimitri Kantcheloff, *Supernova*
Bill Kouélany, *Kipiala ou la Rage d'être soi*
Alexandra Matine, *Les Grandes Occasions*
Alexandra Matine, *La Pire Amie du monde*
Karim Miské, *La Situation*
Vidya Narine, *Orchidéiste*
Dan Nisand, *Les Garçons de la cité-jardin*
Lili Nyssen, *L'Effet Titanic*
Suzanne Privat, *La Famille, itinéraires d'un secret*
Isabelle Rodriguez, *Les Orphelines du mont Luciole*

Achevé d'imprimer par l'imprimerie Corlet,
à Condé-en-Normandie
ISBN : 978-2-38311-021-7
N° d'impression : 22100406
Dépôt légal : septembre 2023